Keine Panik, Probepapa !

Ben Weber

Keine Panik, Probepapa !

Bibliografische Information der Deutschen Nationalbibliothek:
Die deutsche Nationalbibliothek verzeichnet diese Publikation in der
Deutschen Nationalbibliografie; detaillierte bibliografische Daten sind
im Internet über http://dnb.dnb.de abrufbar.

Herstellung und Verlag: BoD – Books on Demand, Noderstedt
ISBN 9783754339602

Inhalt:

1. Kapitel
Natürlich mag ich Kinder

Gedankenverloren betrachtete ich das hölzerne Schild, dessen Farben allmählich verblassten. *Hier wohnen Susanne und Benno Weber* – stand dort in eingravierten Buchstaben. Es war das in die Jahre gekommene Hochzeitsgeschenk von Tante Frieda. Wie lange war das jetzt her? „Das hält für die Ewigkeit!", hatte sie damals gesagt und wir rätselten, ob sie unsere Ehe meinte oder ihr Präsent.

Ich drehte den Schlüssel um, öffnete die Wohnungstür und stutzte. Es war nicht der erwartete Duft von frisch aufgebrühtem Kaffee, der mir entgegenkam, eher ein süßlich-herber Geruch, Kakao vielleicht? Für einen Augenblick fühlte ich mich zurückversetzt in die Tage meiner Kindheit. Eine heiße Schokolade an kalten Tagen … ach, war das gemütlich! Man kam nach Hause, fühlte sich geborgen und sicher. Man wurde erwartet.

„Huhu, ich bin´s!"
Ich zog mir die Schuhe aus und eilte, ohne eine Antwort abzuwarten, dem guten Duft entgegen. In der Küchentür blieb ich wie angewurzelt stehen. Verdorri! Da saß doch – an unserem Tisch, auf meinem Stuhl – ein fremdes Kind. Dunkle Kapuzenjacke, verwaschene Jeans und wippende, wackelnde Füße, die es nicht schafften, den Boden zu

7

berühren. Den Kopf zwischen den Armen abgelegt, verborgen unter zitternden, kleinen Händen mit schmutzigen Fingernägeln. Der kleine Junge machte schniefende Geräusche. Was hatte das Bürschchen hier verloren?

In meiner Wohnung? Zögernd betrat ich die Küche ...

Das Kind auf dem Stuhl bewegte sich plötzlich, es hob seinen Kopf, gaaanz ... langsam. Ein verheultes Gesicht blickte mich kurz an und wurde sorgfältig wieder vergraben. Sehr merkwürdig das Ganze. Wo war denn eigentlich meine Frau? Die sollte doch wissen, was hier los war. Entschlossen machte ich kehrt und ... prallte mit ihr zusammen.

„Ups", sagte sie.

„Sorry ...", flüsterte ich, „ ... da ist ein fremdes Kind in unserer Küche."

„Ja, ich weiß. Aber, das ist gar nicht fremd das Kind ... das ist Leo."

Als wäre damit alles erklärt, schwieg Susanne wieder. Aha, soso, nicht fremd, sondern der Leo. Na, dann brauchte ich mir ja keine Sorgen mehr zu machen. Unsere kleine Mietwohnung im vierten Obergeschoss hat genug Platz für alle, die sich grämen und Kummer haben. Unsere Haustür steht für jeden offen. Auch für den heulenden, kleinen Hosenscheißer, der momentan unsere Küche besetzt hielt. Als könnte sie meine Gedanken lesen, traf mich Susannes strafender Blick.

„Mach doch nicht so ein Gesicht, Benno, das hier ist ein Notfall. Leo ist nämlich ein Schüler aus meiner Klasse und er traute sich heute nicht nach Hause."

Jetzt wurde ihre Stimme weicher, Susanne lächelte.

„Im Grunde ist das ein ganz aufgeweckter, pfiffiger Junge. Der kommt morgens fast immer singend und gut gelaunt in die Schule. Er lässt sich nur manchmal zu sehr ablenken, von unbedeutenden Dingen, wie zum Beispiel einer Fliege am Fenster. Die ist dann eben spannender als die Subtraktion. Aber wie gesagt, eigentlich ist das ein ganz Netter."

„Gut, das mag ja sein, aber ... "

„Kein aber, Benno. Im Moment hat Leo reichlich Ärger mit seinen Pflegeeltern, weil er oft zu spät nach Hause kommt und seine Hausaufgaben nicht erledigen will. Da gibt´s dann regelmäßig Zoff. Heute ist er nach Schulschluss auf seinem Platz geblieben und hat losgeheult. Was sollte ich denn machen? Er hat mir so leidgetan."

Susanne senkte ihren Blick. Natürlich hatte ich Verständnis für ihr Mitleid. Und klar, auch für die Abneigung des Jungen gegen Hausaufgaben. Die hatte ich doch früher auch. Aber habe ich deshalb geheult?

Nein ... also, naja, nur ganz selten.

„Susanne, hör mal zu. Wenn du alle Kids mitbringen würdest, die auf dem Heimweg trödeln, ihre Hausaufgaben hassen oder Probleme mit ihren Eltern haben, dann könnten wir `ne eigene Schule aufmachen und eure schließen. Was ist denn mit seinen Pflegeeltern? Die machen sich doch auch Sorgen. "

Meine bessere Hälfte ließ sich nicht beeindrucken.

„Seinen Eltern habe ich schon Bescheid gesagt. Der Leo trinkt jetzt noch in Ruhe seinen Kakao aus, isst ein paar Kekse dazu und guckt sich unsere Wellensittiche an – das habe ich ihm nämlich versprochen. Und danach fahr ich ihn nach Hause."

Tja, was soll man zu solchen Entscheidungen sagen? Kakao, Kekse, Wellensittiche gucken. Wie für einen Gast im Viersternehotel. Aber Frauen reagieren eben so. Aus dem Bauch heraus, einfach nach Gefühl. Zugegeben, das macht sie ja auch sympathisch, diese mütterlich mitfühlende Art ... Wobei ich auch sehr verständnisvoll sein kann, wie gerade jetzt, in diesem Moment. Da strich ich dem Jungen über sein Haar. Klar, um Trost zu spenden ... aber auch, damit das Geschniefe endlich mal aufhörte. Irgendetwas tropfte da nämlich auf unseren neuen Küchentisch. Der ist aus lackierter Rotbuche, hochwertiges Material, sehr empfindlich. Tränen waren zwar auch dabei, aber, igitt, der Rest war wohl eher Rotz! Tropfender Kindernasenschleim. Der Knirps schien zu spüren, dass ich mir mehr Sorgen um unseren Küchentisch machte, als um ihn. Mit einem gezielten Schlag wischte er meine Hand weg. Unverschämter Bengel! Da gewährt man ei-

10

nem in Not geratenen Bürschchen Asyl und das war der Dank. So ein Rotzlümmel! Ab sofort ignorierte ich die beiden und setzte mich mit der Tageszeitung ins Wohnzimmer. Sollte Susanne sich doch kümmern, die hatte ihn schließlich auch angeschleppt. Etwas später brachte sie den Jungen heim und fast wäre wieder Ruhe eingekehrt in unsere traute Zweisamkeit. In der wir ein eingespieltes Team waren, das sich mit der ungewollten Kinderlosigkeit arrangiert hatte und die Vorzüge eines gut strukturierten und chaosfreien Alltags zu schätzen wusste. Und das nun schon seit über zwanzig Jahren ...

Als wir uns Mitte der Achtziger kennenlernten, war Susanne gerade dabei, ihr Lehramtsstudium erfolgreich abzuschließen. Ihre Zielstrebigkeit imponierte mir, ich selbst hatte bis dahin ein unbeschwertes Studentenleben genossen. Viele Partys, wenig Prüfungen, den einen oder anderen Gelegenheitsjob. Keine gute Basis für eine ernsthafte Beziehung. Also beschloss ich, mein Studium aufzugeben und mit einer soliden Ausbildung zu beginnen. Zum Fitness- und Gesundheitscoach. Später, als Susanne eine Festanstellung an einer Bochumer Grundschule bekam, bot man mir fast zeitgleich einen Job in einem Fitnessstudio an. Eine beruflich erfolgreiche Phase für uns beide, aber keine günstige für eigene Kinder. Es vergingen noch fünf Jahre, bis ich Susanne einen Heiratsantrag

11

machte, sie zustimmte und wir Hochzeit feierten. Ab diesem Zeitpunkt verzichteten wir auf Verhütungsmittel, um für Nachwuchs zu sorgen ...

Nun, um es kurz zu machen: Es passierte nichts, überhaupt nichts. Also begannen wir ein temperaturgesteuertes Sexualleben zu führen. In der Folge kam es zwar zu ungewollt komischen Momenten, aber nicht zu der ersehnten Schwangerschaft. Zu guter Letzt einigten wir uns darauf, auf eigene Kinder zu verzichten. Susanne würde ja trotzdem jeden Tag von kleinen Rackern umgeben sein. Und ich? Ich war überzeugt davon, dass ein Dasein ohne Kinder genauso lebenswert sein konnte.

Tja, fast wäre also alles beim Alten geblieben und wieder Ruhe eingekehrt in unserem trauten Heim, wenn – ja, wenn Susanne nicht noch hätte *reden* wollen. Über diesen kleinen, traurigen Jungen und sein Schicksal. Darüber musste man natürlich noch reden. Ich versuchte, mich hinter der Tageszeitung zu verstecken, doch es half nichts. Wenn ich den häuslichen Frieden wahren wollte, dann musste ich schleunigst das Blättern einstellen und etwas Anteilnahme heucheln. An dem Lebenslauf eines mir völlig fremden Kindes ...

So erfuhr ich Dinge, die ich eigentlich gar nicht wissen wollte. Zum Beispiel, dass der Vater des Jungen sich frühzeitig aus dem Staub gemacht hatte. Oder, dass die noch sehr junge Mutter ihr kleines Kind so sehr vernachlässigte, dass es im Alter von vier Jahren wegen mangelnder Fürsorge in ein Kinderheim gebracht wurde. Schon bald darauf kam Leo zu den Pflegeeltern, die sich nun, nach fast fünf Jahren als Familie, endgültig mit ihm überfordert fühlten. Vor allem wegen seiner Unzuverlässigkeit, seiner Lügereien und der Wutanfälle. Wie Susanne aus den Erzählungen der Pflegemutter wusste, flogen da auch schon mal Schulbücher oder andere Dinge durch die Gegend. Meine Frau dagegen erlebte Leo in der Schule überhaupt nicht aggressiv, nur öfter mal unkonzentriert. Was aber wohl sehr davon abhing, ob und in welcher Dosierung er das Medikament gegen sein „Zappelphilipp-Syndrom" einnahm.

Wie auch immer, seine Pflegeeltern fühlten sich nun am Ende ihrer Kräfte und sahen nur noch einen letzten Ausweg: sich für längere Zeit, vielleicht sogar für immer, von ihrem Pflegesohn zu trennen. Das Ganze sollte schnell und ohne Verabschiedung von seinen Freunden und der vertrauten Umgebung geschehen, um einen heftigeren Widerstand des Kindes zu vermeiden. Strategisch gut überlegt, fand ich, wenn auch nicht sehr rücksichtsvoll. Leo musste sich im Moment ziemlich mies fühlen, ohne Frage. Wie man sich als kleiner Junge eben so fühlt, wenn man meint, die Welt ginge unter ...

Ich war noch kein Schulkind, da wurde ich von meiner Mutter zur Erholung in irgend so ein trostloses deutsches Mittelgebirge verschickt. Erholt hat sich aber nur meine Mutter. Ich dagegen durfte tagtäglich endlos lange Wanderungen genießen und musste dabei mein Geschäft im Wald hinter Büschen und Bäumen erledigen. Mann, war das peinlich! Zum Frühstück gab es Haferbrei und Hagebuttentee, abends Möhreneintopf. Und wer was verbockt hatte, bekam als Nachschlag den Schlappen der heiligen Schwestern auf seinem Hintern zu spüren. Aber das passierte erst am späten Abend, wenn wir bereits im Mief eines sauerstofffreien 18-Bettzimmers mit vergitterten Fenstern ahnungslos vor uns hindösten. Gutenachtgeschichten kannte dort natürlich auch niemand, seufz. Ich fühlte mich verraten und verkauft. Meiner Mutter habe ich das nie so richtig verziehen. Na ja, Kindheitserinnerungen, Schnee von gestern ...

Drei Tage später wurde Susanne darüber informiert, dass Leos Pflegeeltern ihn tatsächlich in das Kinderheim der Nachbarstadt gebracht hatten. Natürlich war sie traurig darüber, wofür ich auch Verständnis hatte. Aber eigentlich ging uns diese Angelegenheit doch nichts an. Dachte ich zumindest. Meine liebe Ehefrau dachte anders, telefonierte mit Leos Pflegemutter und erfuhr, dass Besuche und Kontakte zurzeit nicht erwünscht wären. Das könnte sich nachteilig auf die Psyche des Kindes auswirken. Na also. Unsere Anteilnahme war nicht erwünscht. Da konnte man nichts machen ...

Wochen vergingen, bis ich eines Tages meine Frau bei einem Telefongespräch mit dem zuständigen Jugendamt überraschte. Sie hatte sich nur mal erkundigen wollen, wie es dem Jungen so ging und ob man ihn nicht mal besuchen dürfe. Man durfte! Die im Kinderheim waren regelrecht begeistert, sofort wurde ein Termin vereinbart. Nach dem ersten folgte ein zweiter und bald darauf ein dritter Besuch. Dann wurde er zur Regel, einmal in der Woche. Jetzt machte ich mir ernsthaft Sorgen, wo sollte das noch hinführen? Doch trotz meiner Bedenken hielt ich es für angebracht, meine Frau für ihren Einsatz zu loben: „Ich finde das echt klasse, wie du dich um diesen Jungen kümmerst, wirklich toll!"

So ein kleines Lob kostet nicht viel und bringt einem fast immer Pluspunkte ein. Außerdem bewunderte ich sie ja wirklich. Mit Kindern konnte sie verdammt gut umgehen, ich tat mich da deutlich schwerer.

„Willst du nicht mal mitkommen? Der Leo würde sich bestimmt freuen. Du magst doch Kinder."

Susanne strahlte mich an. Tja, das war ein Argument. Natürlich mag ich Kinder! Sie sind unsere Zukunft, wie man weiß. Also ... wahrscheinlich nicht alle. Aber zumindest ein paar von ihnen. Pfiffig und gut erzogen sollten sie schon sein und möglichst stubenrein. Eher sportlich als dick. Passte also. Das mit Leo. Meinte meine Frau.

„Und Zeit hast du ja auch."

Das hatte sie bestimmt nicht böse gemeint, traf aber meinen wunden Punkt ... Denn vor einigen Monaten hatte mich der Besitzer des Fitnessstudios, in dem ich als Trainer beschäftigt bin, unauffällig zur Seite genommen. Flüsternd und kaum hörbar, nuschelte er mir zu: „Äh, Benno, wir müssen mal reden ... "

Er runzelte die Stirn.

„Du bist ja für dein Alter noch echt gut drauf, Benno, also ehrlich. Aber vielleicht (*er meinte auf jeden Fall*) solltest du in nächster Zeit mal kürzertreten. Du merkst es ja sicher auch, deine Lessons sind nicht mehr ganz so hip und nachgefragt. Also die Kids und die Studis, die gehen doch lieber zur Anna-Carina oder zum Julio. Die sind immer total gut drauf, die beiden! Du dagegen bist einfach seriöser (*er meinte natürlich: langweiliger*) – das ist ja auch okay so. Nee, wirklich, man braucht doch verschiedene Trainertypen. Also, die Walking-Gruppe und den ‚Fit-over-Fifty'- Kurs darfst du auf jeden Fall auch weiterhin betreuen, gar keine Frage. Ist doch auch in deinem Sinne, denke ich. Und die Rentner...", er räusperte sich, „...also die älteren Teilnehmer, die gehen ja immer noch gerne in deine Kurse."

16

Natürlich hatte unser Manager nicht völlig unrecht. Ich vermisste sie ja auch, die jungen sportlichen Studentinnen, die früher so zahlreich in meinen Fitnesskursen erschienen waren. Aber so viel Ehrlichkeit und Rücksichtnahme, das wäre doch nicht nötig gewesen!

Seit diesem Tag durfte ich auch schon am frühen Morgen meine Sportlichkeit unter Beweis stellen. Durfte mit rüstigen Rentnern im Supermarkt um die Wette rennen, mit dem Ziel, den letzten Einkaufswagen oder die Poleposition an der Wursttheke zu ergattern. Zu Hause übte ich, Schmutzwäsche dem Waschprogramm zuzuordnen, das sie in Form und Farbe am wenigsten veränderte. Regelmäßig kam es auch zu Auseinandersetzungen mit unserem holländischen Staubsaugermonster, das mir entweder ganz zufällig in die Hacken fuhr oder versuchte, mit seinem sich spontan lösenden Ansaugrohr meinen Fuß zu zertrümmern. Wahrscheinlich die Revanche für das verlorene Fußball-WM-Endspiel von 1974 ...

In der Küche plauderte ich beim Abwasch mit unserem defekten Geschirrspüler, der scheinbar unter Depressionen litt und sich über alles große Sorgen machte. Ein deutsches Fabrikat, was sonst. Freuen durfte ich mich auch über die Beförderung zum Dreisterne-Koch. Salat und Fisch waren nun angesagt. Frisches Obst und Vollkornzeugs. Beliebt war auch Gemüseeintopf, allerdings nur als Biopampe, ohne Mettwurst! Meine Frau ist fleischlos glücklich. Und ja, ich gebe es zu, trotz allem hatte ich mehr Freizeit als Susanne, die jeden Tag kleine Monster dressieren musste und nebenbei noch die Aufgaben einer Sozialarbeiterin, Managerin und Kindertherapeutin übernahm. Es gab also keinen vernünftigen Grund, ihren Vorschlag abzulehnen: Leo am nächsten Wochenende gemeinsam zu besuchen.

2. Kapitel

Läuse auf der Achterbahn

Ein Kinderheim hatte ich mir eigentlich anders vorgestellt. Mit Mauern drum herum, Wassergraben und Wachhund. Zumindest etwas in dieser Art. Stattdessen war hier alles sehr offen gestaltet. Gebäude aus rotem Backstein und ein geräumiger Innenhof, großzügig angelegt für Kinder und Jugendliche, die sich darin wohlfühlen sollten. Ein kleiner Spielplatz, ein Gemüsebeet. Eine zerzauste Katze, die in der Sonne lag und döste. Und die wilden Blumen, die bunte Farbtupfer setzten, schienen mir sogar fröhlich zuzuwinken. Nur meine Frau, die fehlte in dieser beschaulichen Idylle...

Ich war allein ins Kinderheim aufgebrochen, weil Susanne nach Unterrichtsschluss noch eines dieser merkwürdigen Elterngespräche führen musste, in denen man erwachsenen Menschen zu erklären versucht, warum der Verzicht auf Spucken und übelste Schimpfwörter keineswegs die kreative Entwicklung eines Kindes beeinträchtigt. Bestimmt würde der Vater dagegen halten: „Ach, datt is doch halb so schlimm, sowatt. Da kommt unsa Mirko ganz nach mir. Gezz ma ehrlich, datt hab ich doch früha auch gemacht!"
Vielleicht käme aber auch eine Mutter, die sich empörte, dass ihr Sohn die Toiletten putzen musste, nur weil er

19

seinen Namen an die Wand gepinkelt hatte. Eine völlig unangemessene Strafe für ihren sensiblen Justus und ganz sicher ein Fall für den Rechtsanwalt!

Die Kinder hier im Heim dagegen waren weder besonders aggressiv noch kontaktscheu. Kaum hatte ich den Hof betreten, kam ein kleiner schwarzhaariger Junge auf mich zu. Ohne Vorwarnung umklammerte er meine Beine. Aus dunkelbraunen Augen strahlte er mich an.

„Hallo, Papa!"

„Nee, ich bin nicht dein Papa ...", rief ich erschrocken, „... ich bin nur zu Besuch hier."

„Papa, zu Besuch", erwiderte das Bürschchen mit fröhlicher Ignoranz.

Hatte der Bohnen in den Ohren?

„Hör mal, Männeken, ich bin nicht dein Papa!"

Mühsam, aber entschlossen, befreite ich mich aus seinem Klammergriff. Doch nun stupste mich jemand von hinten an. Ach, herrje, noch ein Kind! Ein blondes Mädchen – ich schätzte es auf sieben – betrachtete mich abwägend.

„Hallo, der da ist Enis. Bist du sein neuer Papa?"

„Nee, bin ich nicht, ich besuche nur den Leo."

„Bist du Leos Papa? Ist ja doof!"

„Wieso doof, wer jetzt, ich oder was!?"

Meine Stimme klang etwas gereizt.

„Der Leo liest immer den Dagobär, das ist doof."

20

„Ach, du meinst bestimmt Dagobert Duck, den hab ich früher auch ...“

„Doof is´ der!“

„Okay, der ist furchtbar geizig. Und wie er den Donald behandelt hat, das fand ich auch nicht ...“

„Nee, der Leo ist doof.“

Mein Gott, was für ein nerviges Kind! Doch bevor ich etwas Angemessenes erwidern konnte, zupfte jemand an meiner Jacke.

„Verdammt noch mal, ich bin nicht euer Papi!“

Es langte mir allmählich.

„Ja, ein Teil der Kinder ist immer auf Suche nach liebevollen Eltern“, sagte eine freundliche Stimme neben mir.

Da stand sie: Frau Rosalinde Frisch, die Heimleiterin. Ich kannte sie nur aus Susannes Erzählungen. Inoffiziell wurde sie „Donna Rosa“ genannt. Eine Frau von Format in jeder Hinsicht. Groß und kraftvoll wie ein Schlachtschiff, aber mit positiver Ausstrahlung. Als Leiterin des Kinderheimes die ideale Besetzung.

Kurz darauf machte ich es mir in dem bunten Durcheinander, das Donna Rosa ihr *Büro* nannte, auf einem knallroten, abgewetzten Sofa bequem und wartete auf den Kaffee, den sie für uns zubereiten wollte. Ein dünnes Mädchen kam zur offenen Tür herein.

„Ich bin die Mara, und wer bist du?“

„Hallo, ich bin der Benno.“

Meine zur Begrüßung gereichte Hand griff ins Leere. Stattdessen begann sie, ihr langes, dunkelbraunes Haar zu bürsten.

„Ich hab schöne Haare, die bürste ich jeden Tag."

„Ja, die sind wirklich sehr schön, deine Haare."

Eindringlich betrachtete sie mich mit ihren großen Kinderaugen, dann reichte sie mir feierlich ihre Haarbürste. Ich zögerte. Wir bürsten uns miteinander die Haare ... war das eine Art Begrüßungsritual? Ich nahm ihr Präsent in die Hand und führte es langsam zu meinem Kopf. Das Mädchen lächelte mir aufmunternd zu, wies auf die Bürste und sprach dabei ganz gelassen ein Wort aus, das den Lauf der Dinge entscheidend verändern sollte: „Läuse ..."

Sie sagte es so, als wäre es das Normalste von der Welt, eine Lappalie, der Erwähnung kaum wert. Als würde man sich nur gelangweilt über das Wetter unterhalten, um ein bisschen höfliche Konversation zu machen.

„Nein!"

Ohne zu überlegen, schleuderte ich das Geschenk der kleinen Hexe fort, und dann ... ja, dann würde man im Kino die Bürste in Super-Slow-Motion fliegen sehen: noch sechs, noch fünf Sekunden bis zum Aufprall ...

Der gespannte Kinogänger ahnt bereits jetzt, dass sie nicht gegen die mit bunten Kinderzeichnungen beklebte Wand prallen wird, sondern sich – und hier vermutet er schon ein wenig die dramatische Entwicklung – in Rich-

22

tung Tür bewegt. Genau die Tür, in der soeben die Heimleiterin Rosalinde Frisch erscheint. Ein Tablett in ihren Händen, beladen mit Tassen, einer Kanne mit heißem, dampfendem Kaffee und einer Schale voller appetitlich aussehender Schokoladenkekse. Nun fragt sich der neugierige Zuschauer, ob sich die Flugbahn des Objekts noch so weit krümmen wird, dass es vielleicht, und irgendwie auch gerechterweise, die kleine Mara trifft. Noch vier, noch drei Sekunden bis zum Aufprall ... Zu sehen ist jetzt, wie sich das Mädchen im letzten Moment zur Seite duckt, wobei sie ihre langen Haaren in die Luft wirft, so wie eine dieser bildhübschen Frauen aus den traumhaften Werbespots für Haarshampoos. Die rotierende Bürste aber gewinnt noch an Fahrt und Flughöhe. Donna Rosa füllt inzwischen mit ihrem Körper den Türrahmen fast komplett aus. Die Spannung steigt: Wird das fliegende Objekt die letzte Chance auf eine kleine Lücke nutzen und alles noch zu einem glücklichen Ende führen?

Definitiv nein, das wird es nicht.

Noch drei, noch zwei Sekunden bis zum Aufprall ...

In Erwartung des bevorstehenden Unglücks beginnen die ersten Zuschauer im Kino glucksend zu lachen. Die drei Akteure hingegen werden sich in dieser Szene des Films – ein zusätzlicher Kunstgriff des Regisseurs – Gedanken unterschiedlichster Art machen: Donna Rosa etwa stellt fest, dass sie den Zucker vergessen hat, der Besuch noch

23

etwas verkrampft wirkt und ihr eine schwarze Haarbürste entgegenfliegt. Die kleine Mara dagegen überlegt, wie es wohl dem fliegenden Läusevolk ergeht. Wie viele der älteren und gebrechlichen Tiere in diesem Augenblick zu Tode stürzen. Oder ob es unter den Jüngeren vielleicht sogar einige gibt, die in Verkennung der Gefahr eines solchen Fluges tatsächlich wie auf einer Achterbahn jauchzend die Arme hochreißen? Zu guter Letzt bleibt noch Benno Weber übrig. Doch der ist im Angesicht dieser aussichtslosen Lage völlig sprach- und gedankenlos in sich zusammengesunken. Nur noch der Bruchteil einer Sekunde bis zum Einschlag ... Wird die Heimleiterin der Bürste ausweichen, das Tablett opfern und riskieren, dass der heiße Kaffee das Mädchen verbrüht? Oder wird sie, um das zu verhindern, sich selber der Gefahr aussetzen ?

Die Bürste trifft Frau Frisch knapp über der rechten Augenbraue. Sie wankt ein wenig, doch das Tablett fällt nicht zu Boden. Die Tassen rutschen, etwas Kaffee schwappt über und ein paar Kekse nutzen die Chance zur Flucht. Meine persönliche Heldin des Monats: Donna Rosa, die Leiterin des Kinderheims Herne-Süd!
Zwei Minuten und ein Pflaster später hatte sich die Lage wieder beruhigt.
„Das hätte ins Auge gehen können...", schmunzelte die Heimleiterin.

Die schluchzende Mara, die nicht ganz unschuldig war an dieser Misere, wurde zuerst getröstet, dann ernst, aber nicht unfreundlich ermahnt. Puh ... und ich war erleichtert, dass sich niemand ernsthaft verletzt hatte. Was mich aber noch viel fröhlicher stimmte: Es gab hier gar keine Läuse! Das Mädchen hatte geflunkert, weil sie wusste, wie panisch Erwachsene auf die kleinen Blutsauger reagierten. Das Ganze war nur ein kleiner Test gewesen. Ein gelungener Versuch mit mir als menschliche Laborratte.

Als Mara das Büro verlassen hatte, kam ein kleiner Junge zur Tür herein. Da stand er wieder vor mir, Leo, das Sorgenkind. Von drahtiger Statur, mit lebhaften Augen und offenem Blick. Überrascht war ich von der positiven Energie, die der Knirps ausstrahlte. Wie war das nur möglich, nach allem, was der Junge mitgemacht hatte? Wie kam er bloß damit klar, verlassen worden zu sein, von den vertrauten Menschen, mit denen er jahrelang als Familie gelebt hatte? Ich versuchte, mein Erstaunen zu verbergen, und bemühte mich um ein entspanntes „Hallo, Leo."
Vielleicht wäre das jetzt ein günstiger Moment, ihm mein Autoquartett ... ach, nee, mein altes Autoquartett, ich hatte es vergessen! Aber hätte ihn das überhaupt interessiert, spielten Kinder überhaupt noch mit Karten? Als ob das meine Frage beantworten könnte, sah ich mir den Jungen genauer an. Abweisend guckte er jedenfalls nicht.

Eher neugierig. Meine Betrachtung wurde aber von Donna Rosa unterbrochen, die mir den weiteren Ablauf erklärte. Es sollten folgen: ein Rundgang durch das Heim, danach etwas Zeit zum Spielen und zum Abschluss die gemeinsame Bewältigung der Hausaufgaben ...

Leo führte mich durch das Haus. Unsere Wortwechsel beschränkten sich nur auf das Nötigste. Männer können wichtige Dinge eben auf den Punkt bringen.

„Ist das dein Zimmer?"

Leo nickte.

„Ihr wohnt zu zweit hier?"

„Ja, ich und Steven."

„Ist der okay, der Stefan?"

„Der Steven? Geht so."

„Sieht aber ganz gemütlich aus – dein Zimmer."

„Ja."

„Ich setz mich mal hierhin."

„Mmh."

Dann folgte die Spielezeit. Im Tobesaal.

Frau Frisch musste herzhaft lachen, weil ich „Todes-Saal" verstanden hatte. Eine Bezeichnung, die ich bei näherer Betrachtung durchaus für angemessen hielt. Die Türen des Raumes waren aus schwerem, massivem Holz und sahen unverwüstlich aus. Im Inneren befanden sich Folterwerkzeuge unterschiedlichster Art. Da gab es dicke und dünne Seile, ausgefranste staubige Decken, verschiedene Bälle und andere Wurfgeschosse, Kletterstangen, eine alte Hängematte und riesige Schaumstoffwürfel. Vor den kleinen Fenstern des im Souterrain liegenden Raumes waren Gitter angebracht. Das gefühlte Klima bewegte sich hier unten zwischen türkischem Dampfbad und tropischem Regenwald. Zwei kleine Jungen unterbrachen ihre „Wer am meisten auf die Rübe kriegt, hat verloren"-Schlacht und sahen mich mit großen Augen an. Bei dem Begriff *Spielezeit* hatte ich eher an Mau-Mau, Memory oder Kniffel gedacht. „Chaos-Toben" oder „Einsamer Riese – gegen den Rest der Welt" standen eigentlich nicht auf meinem Plan. Nun gut. Ich schlug Fußball vor: ein Ball, zwei Spieler und ein geordnetes Regelwerk. Um die Zwerge nicht ständig umzurennen, wurden sie von mir zum Publikum ernannt. Denn was ist ein Wettkampf ohne Zuschauer? Ich bereute es bitter.

Die beiden Kleinen schlugen sich sofort und bedingungslos auf Leos Seite, kreischten und schrien bei jeder seiner Aktionen in höchsten Tönen! Der Lärm der Kinder war allerdings nur für einen Teil meiner Qualen verantwortlich. Nach dem Motto *Hauptsache Treffer* verpasste mir Leo einen blauen Fleck nach dem anderen. Seine Fans tobten vor Begeisterung. Auch mein Handzeichen für eine Spielunterbrechung wurde völlig ignoriert, deshalb brüllte ich: „Halbzeit!"

27

Die Kinder guckten überrascht, ihr Lärm verstummte. Dann hörte man nur noch Leos und meinen keuchenden Atem. Ich setzte mich auf eins der riesigen bunten Schaumstoffkissen. *Einen Moment ausruhen – nichts tun, nichts denken. Einfach nur den Schweißperlen zusehen, wie sie von meinem Kinn zum Boden tropfen ...*

Mein Blick fiel auf die Wand zu meiner Rechten, die mit kleinen Bildern, Sprüchen und undefinierbaren Graffitis versehen war. Eine therapeutische Kritzelwand vielleicht? Eine Armlänge von mir entfernt hing ein knallgelber Punchingball. Es muss wohl am fehlenden Sauerstoff haben, dass ich mir einen schwarzen Edding griff, auf die Boxbirne ein grinsendes Gesicht malte und „Bennos Fanclub" darunterschrieb. Die Jungs kamen näher, bestaunten mich und mein Werk mit offenem Mund.

„Das darfst du ja gar nicht, oder ?", meinte der Kleinere von ihnen.

Ich ging nicht darauf ein. Stattdessen: Anpfiff zur zweiten Spielhälfte, ein fulminanter Abstoß! Der Ball, über drei Wände gespielt, traf mit einem dumpfen Knall die Tür. Bravo! Wen interessierten hier schon Tore? Unser kindliches Spiel brachte alle zum Lachen und das war – trotz meiner Blessuren – gar kein schlechtes Gefühl. Eine Weile hielt ich noch durch, dann gab ich erschöpft auf. Das Zwergenvolk schrie „Zugabe!" und trampelte mit den Füßen. Leo schien zufrieden. Scheinbar hatte er gewonnen. Entweder hatte er Probleme mit der Addition oder alle begangenen Fouls als Pluspunkte gewertet. Wie auch immer, als ich mich mühevoll die Treppe nach oben schleppte, sehnte ich mich nur noch nach Ruhe und etwas zum Durstlöschen. Für einen Moment sah ich mich am Rande des Ozeans stehen: ein Mann, der ohne Termine mit einer Flasche Bier in die Dünen fällt ...

Tatsächlich nahte die Rettung – in Person von Frau Frisch. Die brachte zwar kein kühles Pils vorbei, doch sie erklärte unsere Spielzeit für beendet, damit – wie sie sich ausdrückte – noch etwas an Energie und Schwung für die gemeinsamen Hausaufgaben übrig bliebe. Während sich nun Leo auf den Weg machte, um Sprudelwasser zu besorgen, wischte ich mir, ohne Rücksicht auf die neben mir sitzende Heimleiterin zu nehmen, den Schweiß von der Stirn. Donna Rosa schien das nicht weiter zu stören, sie seufzte nur ein wenig und reichte mir dann ein Blatt mit dem Stempel von Leos aktueller Schule. Dort stand in regelmäßigen Abständen von ein bis zwei Tagen:
Aufgaben nicht gemacht! Arbeitsblatt unvollständig! Heft vergessen! Wo sind seine Malstifte?
Frau Frisch erhob sich und klopfte mir auf die Schulter: „Das schaffen Sie schon. Sie haben ja Pädagogik studiert." Aha, da hatte meine liebe Ehefrau wieder mal mehr ausgeplaudert, als mir lieb war, denn mit einem abgebrochenen Studium kann man im Allgemeinen nicht punkten.

Weil ich aber noch sehr kurzatmig war, wurde mein Schweigen als Zustimmung gedeutet und ich allein gelassen. *Kerl, da hast du dir was eingebrockt! Hausaufgaben machen mit so einem Schlawiner – der sicher nicht dumm war, aber ziemlich faul. Ah ... da kommt das Früchtchen ja wieder ... na, wenigstens hat er was zu Trinken besorgt..*

Nachdem wir unseren ersten Durst gelöscht hatten, plauderte ich mit Leo über das Kinderheim und seine neue Grundschule, doch er blieb ziemlich wortkarg. Erst als mir der Gesprächsstoff auszugehen drohte, begann Leo plötzlich etwas über die Abenteuer von Donald Duck und seinen Freunden zu erzählen. Anfangs versuchte ich, Interesse zu heucheln für die Probleme der Bewohner von Entenhausen, doch das Geplapper des Jungen ermüdete mich zusehends ... Dann wurde es mir plötzlich klar: Der Bursche wollte Zeit gewinnen! Denn als ich kurz darauf die Hausaufgaben erwähnte, verfinsterte sich Leos Gesicht und er schwieg. Sprach kein einziges Wort mehr. So ein Mist! Ich war ratlos. Was sollte ich nun machen? Ihm drohen? Oder eine Belohnung in Aussicht stellen? Offensichtlich waren meine pädagogischen Fähigkeiten viel begrenzter, als andere vermuteten. Immerhin, nun herrschte die Stille, nach der ich mich gesehnt hatte.

„Ich hasse Hausaufgaben!"

Zwei dunkelblaue Augen blitzten mich an.

Das war eine klare Absage an unsere weitere Zusammenarbeit. Mein lieber Junge, ich habe sie doch auch gehasst und sie später so sehr vernachlässigt, dass ich sitzengeblieben bin. Aber das konnte ich ihm natürlich so nicht sagen. Nicht in diesem Moment. Stattdessen hätte ich jetzt wohl einen Vortrag darüber halten müssen, wie wichtig und wertvoll „Hausaufgaben" sind – für die eigene Entwicklung, das weitere Leben, den späteren Beruf. Das übliche Blabla. Alternativ könnte ich ihm aber auch alles vorsagen und der Käse wäre gegessen. Oder sollte ich ihm eine Entschuldigung schreiben: *Leo war vom Spielen sehr erschöpft und hatte zu den Hausaufgaben ein klares Nein-Gefühl, Ausrufezeichen. Hochachtungsvoll, Benno Weber, Tagesvater, Punkt ... ?*

Jetzt war ich mit meinem Latein am Ende. Wo blieb denn nur Susanne, wie lange dauert denn so ein Elterngespräch? Ich hatte ja wirklich nicht vorgehabt, mich allein mit dem Jungen zu treffen, beim besten Willen nicht. Nun saß ich da und wartete auf ein Wunder ...

„Hallo, Frau Weber!", rief in diesem Moment Leo und wandte sich zur Tür, in der soeben meine Frau erschienen war.

„Hallo, ihr beiden!", rief sie uns fröhlich zu und verbreitete spontan gute Laune.

„Hallo Frau Lehrerin, übernehmen Sie", seufzte ich erleichtert.

31

Hier im Halbschatten zwischen den Bäumen ließ es sich aushalten. Ich saß auf der Holzbank im Innenhof und genoss die Ruhe. Die zerzauste Katze beobachtete gerade einen Zitronenfalter, der durch die Blumen tanzte. Dann trabte sie zur Bank, sprang mühelos auf den freien Platz neben mir und begann sich dort zu putzen. Seufzend betrachtete ich meine zerbeulten Schienbeine. Na ja, es hätte schlimmer kommen können, immerhin hatte Leo seinen Spaß gehabt. Und gaben mir diese blauen Flecken nicht auch etwas Heldenhaftes? Zumindest fühlte ich mich so. Zufrieden mit mir selbst, kraulte ich die Katze ein wenig hinter den Ohren. Der Klang ihres wohligen Schnurrens wirkte ausgesprochen beruhigend ...

Eigentlich verpflichtete mich der Besuch des Jungen im Kinderheim zu nichts. Zu rein gar nichts. Am nächsten Wochenende da würde ich einfach mal ins Kino gehen oder mir das Heimspiel vom VFL ansehen.

3. Kapitel

Tor von Klose, Weltklasse!

Eng sitzende Jeans, ein feuchtes Unterhemd und Schweißperlen auf leicht gebräunter Haut. Was für ein Kerl! Wie der Mann aus der Cola-Werbung, dieser coole Bursche, dem alle Frauen schmachtend hinterherglotzen. Nur, was suchte der hier im Stadtpark von Wanne - Eickel? Und seit wann hatte er graue Haare, Falten im Gesicht und eine Brille auf der Nase? Na, bei allem Wohlwollen, so konnte er höchstens für einen Kräutertee Werbung machen ...

Wieso stand ich hier, auf einer matschigen Wiese, in schmuddeliger Jeans und verschwitztem Unterhemd? Ich war doch so froh gewesen, dass es vorbei war. Diese anstrengende Begegnung mit einem Jungen aus dem Kinderheim Herne-Süd. Sehr beunruhigend, wenn nichts so läuft wie geplant, sondern alles anders kommt. Kinder sind launisch und unberechenbar, so viel steht fest. Gerade noch lustig, lebhaft und hilfsbereit – schon sind sie traurig, trotzig und schadenfroh. Ein emotionales Kinderkarussell, doch ich hatte die Fahrt gut überstanden. Diese Fahrt in eine andere Welt. Die zwar anstrengend, aber auch aufregend gewesen war. Weil man ein Stück der eigenen Kindheit zurückbekam, wenn man mit diesem Jungen unterwegs war. Gerade als ich über diesen

33

positiven Aspekt nachdachte, nutzte Susanne den günstigen Augenblick und erzählte mir, dass sich alle über meinen Einsatz im Kinderheim gefreut hätten: Frau Frisch, Leo und auch die anderen Kinder. Sogar die hofeigene Katze soll sich positiv geäußert haben. Gut, so was hörte man doch gerne. Und prompt ließ ich mich zu einem weiteren Treffen überreden ...

Schon am nächsten Samstag standen wir in aller Herrgottsfrühe auf, um Leo abzuholen, für einen Ausflug ins Grüne. Ausgerüstet mit Rucksack, Proviant, Frisbee-Scheibe und einem alten Lederball unter dem Arm, marschierten wir los. Wie eine richtige Familie auf dem Weg zum Picknick. Leo hüpfte fröhlich voraus, Susanne verbreitete gute Laune und ich schlurfte müde und missmutig hinterher. Schließlich hatte ich mit John Wayne um Mitternacht den Rio Bravo überquert und wäre deshalb gerne noch etwas länger im Bett geblieben, anstatt im Morgengrauen durch den Stadtpark von Wanne-Eickel zu wandern. Endlich hielten wir an. Susanne deutete auf die Wiese neben dem Kinderspielplatz.

„Sieht der Morgentau nicht toll aus? Wie ein Meer aus Diamanten."

Dann machte sie es sich ohne Umschweife auf einer Bank im Schatten gemütlich. Mit der freundlichen Aufforderung „Ihr könnt aber ruhig was spielen", kramte sie ein Buch aus ihrem Rucksack.

Aha, sehr schön. Madame las in aller Ruhe einen Bestseller und erlaubte uns, etwas zu spielen. Nur hatte ich wegen der frühen Anfahrt zum Kinderheim weder ausgiebig gefrühstückt noch in Ruhe meine Tageszeitung lesen können. Also packte ich die Thermoskanne mit dem Kaffee und die Westdeutsche Allgemeine aus, ignorierte den tadelnden Blick meiner Frau und forderte den Jungen auf: „Geh doch mal rüber zum Spielplatz, schaukeln oder 'ne Sandburg bauen."

„Nö, keine Lust...", brummelte Leo und wühlte stattdessen in seinem Proviantbeutel herum, bis er das fand, was er gesucht hatte: eine Jumbotüte Chips der Sorte *Mexican-Hot-Chili*.

„Nee, Leo, so was wird jetzt aber nicht gegessen. Guck mal, wir haben hier Äpfel, Bananen, belegte Brötchen, such dir mal was Leckeres aus."

Mit diesen Worten beschlagnahmte ich die Chipstüte und packte sie in meinen Rucksack. Leos Kommentar – es klang wie „Scheiß auf dein Obst!" – war allerdings nicht zu überhören.

„Freundchen, das ist der völlig falsche Ton! Wenn ich dein Vater wäre, dann ..."

„Bist du aber nicht!"

Verärgert stapfte der Junge los und nachdem er eine Weile im Gestrüpp herumgewühlt hatte, entdeckte er das, wonach er wohl Ausschau gehalten hatte: einen großen, kräftigen Ast. Damit begann Leo – und er sah dabei aus wie ein wütender Golfspieler – Löcher in den Rasen zu schlagen. Das funktionierte auch prächtig, weil die Wiese vom Regen der letzten Tage aufgeweicht worden war. So flogen uns zusehends größere Brocken von Gras und Lehm um die Ohren. Susanne warf mir einen Blick zu, der mir sagte: „Kümmer dich mal drum."

Ein wildes, Löcher schlagendes Kind und eine kritisch blickende Ehefrau. Keine gute Voraussetzung, um entspannt und ungestört die Tageszeitung zu lesen. Oder mit Genuss einen Kaffee zu trinken. Demonstrativ widerwillig räumte ich alles zurück, dann forderte ich den Jungen auf: „Leo, hör auf damit, leg den blöden Stock weg! Wir spielen jetzt was, wir versuchen es mal mit Frisbee."

Die Betonung lag auf dem Wort „versuchen". Denn es reichte dem Jungen völlig aus, dass die Scheibe flog, egal wohin. Eine Weile rannte ich so vergeblich einem neongrünen Plastikteller hinterher, der ziellos über der morastigen Wiese kreiste. Dann, ein fast gelungener Versuch, nur noch etwas strecken und ... ich verlor die Balance und fiel mit einem schmatzenden Geräusch auf den durchgeweichten Rasen. Leo lachte schallend, er hatte Spaß. Ich nicht. Deshalb schlug ich ihm alternativ „Elfmeterschießen" vor. Da zielt man mit dem Fußball am Gegner vorbei, um das Tor zu treffen. Unsere abgelegten Sweatshirts wurden zu Pfosten ernannt, ein Loch im Rasen markierte den Elfmeterpunkt. Kaum hatten wir mit unserem Spiel begonnen, stellte sich ein fremder Junge neben das Tor. Sagte nichts und glotzte nur. Der machte mich nervös.

„Willst du mitspielen?", fragte ich ihn, obwohl ich die Antwort ahnen konnte.

Na klar, wollte der! Unser erster Mitspieler: Marvin mit dem Irokesenschnitt. Kurz darauf fragte uns ein anderes Bürschchen, diesmal mit sehr kurzen Haaren, ob er auch mitmachen dürfe. Wie sich dann herausstellte, war er ein Mädchen und hieß Anna-Lena. Weitere fußballbegeister-te Kinder folgten: ein pummeliger Paul, ein zierliches Mädchen, das seinen Namen nicht nennen wollte, und zu guter Letzt noch ein kleiner Blondschopf namens Lasse-Sören ... Jetzt spielten wir richtig Fußball. Drei gegen drei auf ein Tor. Soeben Foulspiel. Am Torhüter. Das war ich. Irgendjemand hatte mich gerempelt und dabei den Ball über die Linie bugsiert.

„Supertor, 1:0 für Brasilien!", schrie der pummelige Paul und tanzte um den Pfosten herum, um sich feiern zu las-sen. Doch seine Mitspieler waren mit Wichtigerem be-schäftigt. Es wurde nämlich heftig diskutiert, weil die Zierliche soeben erklärt hatte, dass sie ab sofort in der besseren, also der anderen Mannschaft spielen wollte. Zwischenzeitlich legte sich Marvin den Ball für einen Elfmeter zurecht. Lasse-Sören erhob Einspruch und forderte eine Gelbe Karte ... Du lieber Himmel, wo war ich hier nur gelandet, wie sollte ich da Ordnung schaffen? Doch bevor ich eine Antwort darauf fand, wurde ich von Leo angestupst, der mich nach dem Spielstand fragte. Ich versuchte, mich zu erinnern: „Moment, warte mal, ich glaube 4:3 ... oder 4:2 für ...?"

Ja, für wen denn eigentlich, passte denn hier niemand auf? Inzwischen hatte ein leichter Wind die Wolken vertrieben und der Sonne endgültig zum Durchbruch verholfen. Mann, hatte ich einen Durst!

Lippen trocken, heiße Socken.

Muskeln lahm, Hitzewahn.

Ohne Mumm, Delirium.

Ein dichtender Torwart, kurz vor dem Kollaps, wie es schien. Doch da, an der imaginären Seitenlinie unseres Spielfeldes ... da sah ich sie ... im Gegenlicht der Sonne, mit wehendem Haar, langsam auf uns zuschweben. In ihrer Hand hielt sie eine Flasche, an der man schon von Weitem die glitzernden, eiskalten Wasserperlen hinablaufen sah, die das Sonnenlicht reflektierten. Was für ein herrlicher Anblick! Wie in einem Kinofilm: Die gute Fee rettet den verdurstenden Helden ...

Doch kurz bevor ich die Schöne und das kühle Elixier in die Arme schließen konnte, lief sie an mir vorbei auf das Spielfeld und rief mit energischer Stimme: „Leo, du musst mal was trinken!"

Besorgt wie eine Mutter, dachte ich gerührt, fühlte aber auch den Schmerz des vernachlässigten Ehemannes. Verzweifelt überlegte ich, ob es mir gelingen könnte, wenigstens einen kleinen Schluck zu erbetteln, als ein harter, schlammiger Lederball meinem Grübeln jäh ein Ende setzte. Zielgenau schlug er in meinem Gesicht ein. Meine Brille fiel zu Boden, der Ball ebenfalls. Ohne Mitleid kullerte er über die Torlinie.

„Tor von Klose, das war Weltklasse!", rief Lasse-Sören und streckte seine geballte Faust in den Himmel. Während ich mir fluchend die Nase rieb, reichte mir Leo meine verbogene Brille zurück.

„Hast du gesehen, wie ich den geflankt habe? Das war meine Vorlage. Ach, Herr Weber, du blutest am Mund."

„Halb so flimm Junge, ist nur 'ne kleine Framme."

Ich drückte kurz ein Taschentuch auf die Wunde und spuckte etwas Blut auf den Boden.

„Mann, wer hat den Laffe denn ungedeckt gelaffen?"

Ich bemühte mich Anna-Lena ihren Stellungsfehler zu erklären, doch sie konnte meinen Ausführungen kaum folgen, weil sie damit beschäftigt war, ihre weißen Leinenschühchen mit einem dunkelblauen Lappen vom Dreck zu befreien. Der Stofffetzen kam mir irgendwie bekannt vor ... Während ich noch grübelte, verspürte ich plötzlich in meinem Rücken ein Prickeln wie von tausend kleinen Nadelstichen. War das eine allergische Reaktion oder meine Bandscheibe? Nichts dergleichen ... es waren die Blicke. Diese misstrauischen Blicke von Müttern, die es gewohnt waren, entspannt auf ihren Holzbänken am Rande des Spielplatzes zu sitzen und dabei über dieses und jenes zu tratschen. Oder bücherlesend ihre Kinderwagen zu wippen – den älteren Nachwuchs auf dem Spielplatz geparkt und jederzeit im Blick. Die Idylle nur selten gestört durch ein scharfes „Marvin, komma her!",oder ein energisches „Paul, gipp der Schantall ma die Schüppe zurück!" Und jetzt? Jetzt war da ein merkwürdiger Mann im verschwitzten Unterhemd erschienen, der scheinbar Lust und Zeit hatte, mit einer Horde kleiner Monster auf einer morastigen Wiese herumzutoben. Schlammverschmiert, mit schiefer Brille auf der Nase. Ein Mann in dem Alter, sollte sich was schämen! Hatte bestimmt seine Midlife-Krise. Na, zum Glück war er mit Sohnemann und Ehefrau erschienen. Sonst hätte man sich noch ganz andere Gedanken machen müssen ...

Auf dem Spielfeld gab es nun die ersten Auflösungserscheinungen: Paul bewarf die Zierliche mit Lehm, woraufhin diese empört das Fußballspielen einstellte. Lasse-Sören hatte zwischenzeitlich seine Begeisterung für naive Kunst entdeckt und zeichnete mit einem Ast Schlammbilder auf die Wiese. Und Anna-Lena weigerte sich, weiterzuspielen, weil Marvin sie „Matschbirne" genannt hat-

40

te. Allmählich hatte ich die Nase voll von diesen Gören, so ein Chaos musste ich mir nicht bieten lassen.

Ich pfiff das Spiel ab ...

Die Kinder schien das abrupte Ende nicht zu stören, alle wirkten auf ihre Art zufrieden. Paul und Marvin klatschten zum Abschied meine Hand ab. Anna-Lena wischte sich mit dem blauen Stofflappen noch einmal ihre Schühchen trocken. Auch ich brachte wieder etwas mehr Ordnung in mein Leben und klopfte den getrockneten Schlamm von meiner Hose. Dann machte ich mich auf die Suche nach meinem blauen Pulli und fand ihn schließlich auch, allerdings in Form und Farbe völlig verändert. Leo lachte Tränen, Susanne grinste und ich schmollte, aber nur für kurze Zeit. Wir setzten uns in den Schatten und packten unseren Proviant aus.

„Morgen kommt ihr doch wieder, oder?", fragte Leo erwartungsvoll.

Ich war erstaunt über diese Maßlosigkeit. Warum war dieser Junge nicht dankbar und für´s Erste zufrieden?

„Nee, morgen kommen wir bestimmt nicht!", platzte es aus mir heraus.

Der entspannte Gesichtsausdruck des Jungen gefror in Sekundenschnelle. Der würde doch jetzt nicht etwa losheulen, oder? Susanne legte ihren Arm um Leo.

„Aber am Wochenende, da besuchen wir dich wieder, versprochen."

Dann hörte man nur noch das Blätterrauschen der Bäume im Wind. Der kleine Junge dachte vielleicht schon über unseren nächsten Besuch nach, Susanne wahrscheinlich über einen arbeitsreichen Sonntag. Ist für Lehrer typisch, dass sie ständig grübeln und sich gedanklich schon mit den Vorbereitungen für den nächsten Arbeitstag beschäftigen müssen. Ziemlich nervig so was.

Wäre echt kein Job für mich ...

Ich dagegen durfte jetzt ganz entspannt an meinen wohlverdienten Feierabend denken: Zuerst würde ich ein gemütliches Vollbad nehmen, dann in aller Ruhe die Tageszeitung lesen und als Highlight des Abends noch einen Actionfilm gucken. Aus meiner DVD-Sammlung. „Hell Boy" vielleicht oder „Mission Impossible". Jepp, die passten ja auch thematisch, irgendwie. Dabei würde ich dann noch ein oder zwei kühle Bierchen trinken und reichlich Chips futtern. Mexican-Hot-Chili. Die hatte ich mir redlich verdient!

4.Kapitel
Bond fährt Bus

Grundschullehrerin ist ein toller Beruf, man verdient jede Menge Kohle, hat ständig Freizeit und andauernd Ferien. Nehmen wir zum Beispiel mal Susanne. Die besucht einmal in der Woche schon am frühen Nachmittag einen Tai-Chi-Kurs und an einem anderen Tag, man glaubt es kaum, trifft sie sich mit ihrer Frauenlaufgruppe bereits um 16.00 Uhr zum Joggen. Hm ... aber ansonsten scheint sie so ziemlich alles falsch zu machen. Denn sie sitzt fast jeden Abend noch am Schreibtisch, bereitet den Unterricht vor, kontrolliert die Hausaufgaben ihrer Schüler und protokolliert im Klassenbuch den Unterrichtsstoff der letzten Wochen. Oder sie führt Elterngespräche und plant Fördermaßnahmen für die weniger begabten Kids. Es kommt auch schon mal vor, dass sie mit einer Kollegin telefoniert, um noch etwas Wichtiges zu besprechen. Manchmal lacht sie dabei. Kann man so etwas überhaupt als *Arbeitszeit* werten?

Trotz allem habe ich Verständnis für Susannes Überstunden. Ich finde es ganz okay, dass sie ihren Job nicht halbherzig erledigt, sondern immer versucht, gut vorbereitet und so gerecht wie möglich zu sein. Na, zum Glück muss ich mir nicht so viel Mühe machen. Vormittags leite ich ein oder zwei Sportkurse, dann erledige ich den Einkauf,

43

sorge für unser Mittagessen und bringe den Haushalt in Ordnung. Spätestens am Nachmittag ist dann Schicht im Schacht. Abends lege ich die Füße hoch, lese Zeitung oder ein gutes Buch. Gerne sehe ich mir auch noch einen spannenden Spätfilm an. Aus der Kategorie Action oder Thriller. Susanne mag lieber Geschichten à la „Pretty Woman" und „Vom Winde verweht". Oder Komödien. Das, was mir so gut gefällt, diese coolen Typen und ihre verrückten Abenteuer, das nennt sie großen Quatsch. Wäre aber statt dieser taffen Burschen ein süßer kleiner Wuschelhund der Held des Filmes, würde sie das vollkommen in Ordnung finden. Doch da sie viel früher ins Bett geht, kommen wir uns zum Glück nie in die Quere ...

An diesem Abend hatte ich mich gerade dafür entschieden mit James Bond die Welt zu retten, als meine Ehefrau plötzlich im Wohnzimmer auftauchte und mich abschätzend fragte: „Ist das da wichtig, kann ich mal mit dir reden?" Offensichtlich handelte es sich nur um eine rhetorische Frage, denn Susanne fuhr fort: „Ich hab noch ein Treffen ausgemacht."
Sie blickte mich erwartungsvoll an.
„Ach ... noch ein Treffen?" Ich ahnte Unheil.
„Ja, am nächsten Mittwoch hat Leo keine Schule. Und du hast doch deinen freien Tag, da könntet ihr prima durch den Zoo von Gelsenkirchen streifen."
„Wie, was, gemeinsam? In den *Zoom*?"

44

„Ja, nur du und Leo. Ist doch ´ne gute Gelegenheit für euch, sich noch besser kennenzulernen."

„Jaaa ... eigentlich...", sagte ich und dachte dabei: *Eigentlich habe ich gar keinen Bock darauf, mit diesem Flummi auf zwei Beinen durch den Zoo ...*

Aber sollte ich so ehrlich sein? Wir würden ewig diskutieren und zu guter Letzt würde ich ja doch nachgeben. Nicht nur um meinen gemütlichen Fernsehabend, sondern vor allem auch den Hausfrieden zu retten. Also bemühte ich mich, freudig überrascht zu wirken.

„Mensch Suse, eigentlich ... ist das ja `ne Superidee von dir, ich freu mich richtig drauf!"

Ich schenkte ihr noch ein strahlendes Lächeln, dann griff ich zur Fernbedienung.

Als ich am Mittwoch zum vereinbarten Zeitpunkt im Kinderheim eintraf, war Leo noch mit seinem Rucksack beschäftigt. Ich hatte es mir gerade auf dem roten Sofa bequem gemacht, da rückte die Heimleiterin näher und flüsterte mir verschwörerisch zu: „Die Tabletten hat er heute nicht genommen, weil er doch schulfrei hat. Da versuchen wir es einfach mal ohne."

... die Tabletten nicht genommen ... , hallte es in meinen Ohren. Die bekam er doch täglich. Hatte mir Susanne erzählt. Herrje, keine Tabletten! Sicher hatten die das schon ausprobiert, oder? Bestimmt tat es dem Jungen

mal gut, so ganz ohne Chemie. Ich dagegen hatte meine Pillen geschluckt, da war ich mir sicher. Die Multivitamine für den Mann ab fünfzig und das Antiallergikum gegen den Heuschnupfen. Die Gelenk-Aktiv Kapseln zur Prophylaxe und ne´ Paracetamol höchstens mal abends, wenn der Rücken zwickte. Mein Gott, der Junge hatte seine Tablette nicht genommen, das war doch kein Drama. Was hatte der noch gleich für ein Problem? Mist, ich hatte nicht aufgepasst! Susanne hatte es mir doch erklärt. Aber *Zoobesuch mit Leo, am Mittwochmorgen*, das hatte ich mir gemerkt.

Früher war es ja ein durchaus zwiespältiges Vergnügen, so ein Gang durch den Tierpark. Lauter neurotisch wirkende Tiere in viel zu kleinen Käfigen. Das sollte ein echter Löwe sein, dieser Nägel kauende filzig-gelbe Wischmob? Und dieser Tiger hinter Gittern, der von rechts nach links tänzelte, von links nach rechts, von rechts nach links ... den ganzen Tag lang, mein Gott, wie öde. Und dort drüben in der Voliere, dieses traurig blickende, gerupfte Hühnchen – da stand doch tatsächlich „Seeadler" auf dem Hinweisschild! Wenn die Besucher schließlich alle Tiere angetroffen und in Ruhe begafft hatten, gingen sie erfolgreich, aber mit einem schlechten Gewissen nach Hause. Jetzt dagegen, im Zoo der Neuzeit, ist alles anders. *Artgerechte Haltung* ist nun angesagt. Dabei bekommen die Tiere so viel Auslauf, dass sie sich

46

prima verstecken können und die Besucher schon „Hurra!" schreien, wenn es ihnen nur gelingt, für einen kurzen Moment in der Ferne eine Federfussel oder gar ein Stück Fell hinter einem Baum zu erspähen ... Böse Zungen behaupten sogar, es gäbe gar keine Tiere mehr, sondern nur noch Zoowärter mit Kunststoffohren oder angeklebter Löwenmähne, die sich hinter Büschen verstecken und ab und zu Tierlaute nachahmen.

Nun, heute war ich mit einem hyperaktiven Jungen, den ich kaum kannte, im Zoo unterwegs. Da waren mir die Tiere ziemlich schnuppe. Hauptsache Leo hatte seinen Spaß und ich würde ihn gesund und munter wieder zurückbringen. Wir winkten noch einmal Donna Rosa zu, dann zogen wir los, ein ungleiches Paar auf dem Weg ins Abenteuer. Kaum hatten wir das Heim hinter uns gelassen, schon gab es das erste Missverständnis. Leo, der bis dahin kaum gesprochen hatte, sah sich suchend um.

„Alles klar soweit?", fragte ich beunruhigt.

„Der Parkplatz ...", murmelte er leise.

„Ja, und ...?"

„Der ist doch dahinten."

Der Junge deutete in die andere Richtung.

„Ja, das weiß ich doch. Aber mach dir keine Sorgen, ich habe alles perfekt durchgeplant. Wir müssen noch ein Stück die Straße runter, dann nehmen wir den 342-er und ruckzuck sind wir am Ziel."

„Der Donald Duck hat einen 313."

„Einen … was?"

„Sein rotes Auto, das ist ein 313."

„Der Donald hat also einen 313, das ist ja ganz prima. Aber wir nehmen den 342-er."

„Sind das die PS oder die Marke?"

„Wie, was, welche Marke?"

„Sind bestimmt die PS. Wo steht der denn?"

„Wer steht wo?"

„Na, dein Auto …"

„Mein Auto?"

Seufzend schüttelte ich meinen Kopf. Kaum hatte der Ausflug begonnen, schon wurde es anstrengend. Ich beugte mich zu dem Jungen hinunter und bemühte mich, langsam und deutlich zu sprechen.

„Also Leo: Ich besitze weder ein Auto noch einen Führerschein. Deshalb nehmen wir beide jetzt den 342-er. Die Zahl 342 ist eine Linienbezeichnung, dieser Bus fährt also nur eine ganz bestimmte Route. In unserem Fall direkt bis zum Zoo."

Leo war sprachlos, doch seine ungläubig staunenden Kinderaugen sagten mir: *Beinahe wäre ich auf dich reingefallen. Du siehst zwar aus wie ein Mensch, aber du besitzt nicht mal ein Auto. In Wirklichkeit kommst du vom Mars oder vom Mond.* Obwohl ich soeben deutlich an Wertschätzung verloren hatte, ließ ich mich nicht beirren, gab weiterhin die Marschrichtung vor und ergriff an der roten Fußgängerampel mutig die Initiative und die Hand des kleinen Jungen. Leo schien zu überrascht, um Widerstand zu leisten. Ob wir uns nun sympathisch fanden oder nicht, ich hatte hier die Verantwortung. Ja, in diesem Moment fühlte ich mich wie James Bond, als einsamer Held in schwieriger Mission. Mein Auftrag war es, diesen kleinen Kerl an sein Ziel zu bringen und dafür zu sorgen, dass er den Tag zufrieden und unversehrt überstehen würde. Egal wieviel Energie, Nerven oder Geld das kosten würde, ich war bereit ...

Wir erreichten pünktlich, wie von mir geplant, die Haltestelle in Richtung Zoo. Noch fünf Minuten Wartezeit. Mit einem quirligen Neunjährigen, der seine Pillen nicht genommen hatte, aber ganz gelassen blieb. Ich dagegen war nervös und angespannt – die Bürde der Verantwortung, wahrscheinlich. Noch drei Minuten bis zur Abfahrt.

„Leo, gib mir mal das Ticket, das du von Donna Rosa mitbekommen hast."

Der Junge suchte ... und suchte ... und suchte. Doch die Fahrkarte tauchte nicht auf. Stattdessen: zwei Gummiringe, ein zerknülltes Tempotuch, Bonbonpapier in verschiedenen Farben, ein Stück Kreide, eine verrostete 5-Cent-Münze und eine angebrochene Packung Kaugummi. Wie sich später herausstellen sollte, hatte man im Kinderheim vergessen, dem Jungen eine Fahrkarte mitzugeben. Doch, wie wir Erwachsenen es des Öfteren tun, neigte auch ich in diesem Augenblick dazu, ein Missgeschick des Kindes zu vermuten.

„Du hast das Ticket verschlampt. Kerl inne Kiste!"

Der Gesichtsausdruck des Jungen verdüsterte sich.

„Ist ja schon gut, Leo, du musst nur lernen auf so was besser aufzupassen. Ich kaufe dir gleich ein neues Ticket ... ach, da kommt ja der 342-er, auf die Minute."

Ich zog den widerspenstigen Knaben in den halbgefüllten Linienbus. Wir ergatterten zwei Sitzplätze in Fahrtrichtung und machten es uns bequem. Die anderen Fahrgäste hielten uns bestimmt für Vater und Sohn. Ich war für einen Moment überrascht, weil ich feststellte, dass mir diese Vorstellung gefiel. Auf der weiteren Fahrt schwiegen wir, in Gedanken versunken. Bis jetzt lief es doch ganz gut. Nur dieser kleiner Fauxpas am Start. Na, wenn sonst nichts mehr schiefgeht. So etwas wirft doch niemanden aus der Bahn, mich nicht und James Bond schon gar nicht!

5.Kapitel

Der Zauberstein

Als wir am Tierpark in Gelsenkirchen eintrafen, schien es fast so, als ob sich für diesen Tag sämtliche Grundschüler, Ruhrpott-Rentner und junge Mütter mit Kind im *Zoom* verabredet hätten. Sie alle tummelten sich schwatzend im Eingangsbereich und warteten auf die Öffnung der Kassenhäuschen. Ich versuchte Leo bei Laune zu halten: „Heute ist für die Tiere Tag der offenen Tür. Schon im Eingang des Zoos eine riesige Schlange."

Der Junge lachte über mein kleines Wortspiel, dem schien die Wartezeit nichts auszumachen. Mich dagegen macht langes Anstehen nervös, ich werde in kürzester Zeit ungeduldig und zappelig.

Ungeduldig? Zappelig? Na klar, das war´s! Das Problem des Jungen. Leo war hyperaktiv. Na, super, heute versuchen wir´s mal „ohne Tabletten"! Doch es blieb keine Zeit für Selbstmitleid, denn soeben wurden Kassen und Eingänge geöffnet. Wir bekamen unsere Eintrittskarten und genau *einen* Lageplan des Tierparks.

„Den nehm ich!", rief Leo und zerrte an dem Papier. Weil ich nicht losließ, gab es ein kurzes Ritsch und nur noch zwei halbe Pläne.

„Hey, was soll denn das?!"

Kein guter Start für uns zwei.

„Ist doch nicht schlimm, so was passiert schon mal. In unserem Souvenirshop, gleich hier vorne rechts, da erhalten Sie einen neuen Plan. Oder auch zwei, einen für den Vater und einen für den Sohn."

Der junge Mann neben uns, er trug ein giftgrünes Polo-Shirt mit dem Aufdruck „Zoom-Adviser", kniff gönnerhaft ein Auge zu. Ich ließ ihn im Irrtum und Leo in den Shop, um einen neuen Lageplan zu besorgen. Währenddessen nutzte ich die Gelegenheit, mir das bunte Treiben der Zoobesucher anzusehen. Was mir Eindrücke vermittelte, die mindestens so exotisch waren, wie die Tierwelt der Umgebung. Aber allmählich verrann die Zeit und meine Geduld mit ihr. Verdammt, wo blieb der Knirps!? Es half nichts, ich musste wohl nachsehen ...

Der Souvenirladen war nicht sehr groß, aber bis zum Rand gefüllt mit Tieren aller Art. Große zum Kuscheln, kleine als Anhänger. Tierkalender, Postkarten, Bilder. Es gab aber auch noch andere Dinge zu bewundern: Tassen, bunte Tücher und glatte, glänzende Steine. Glänzende Steine? Hallo, was sollte das denn? Im Zoo Steine zu verkaufen... Ein Schmuckladen hat doch auch keine Goldfische oder Papageien im Sortiment! Die einzige Erklärung, die ich mir vorstellen konnte, war: Diese Steine waren zum „bewerfen" gedacht. Nehmen wir zum Beispiel mal das Faultier: Hängt doch den ganzen Tag nur rum, voll langweilig, so was. Zack, Stein an den Kopp!

Und schon rührt es sich. Oder der Koalabär: Macht wie immer nichts, ist der überhaupt echt? Wird sofort überprüft ... und zack, ein Stein an die Birne! Da käme endlich mal Bewegung in die Bude. Ja, so würden die Steine halbwegs einen Sinn ergeben ...

Mein Tageskind war gerade damit beschäftigt, das Sortiment der polierten Steine ausgiebig zu begutachten.

„Mensch, Leo, du solltest doch ´nen Plan besorgen!"

„Hab ich doch gemacht. Aber jetzt guck mal, Herr Weber, wie schön die Steine sind. Der Rotgrüne hier und der hier, der Blaue, der so glitzert. Das ist bestimmt ein Zauberstein. Kann ich mir den kaufen?"

Leo fummelte an seinem Brustbeutel herum, in dem er einen Teil seiner überschaubaren Ersparnisse mit sich trug. Ich zögerte, der Junge hatte ja Recht, diese Steine übten eine magische Anziehungskraft aus. Als Kind bin ich selbst ein begeisterter Sammler gewesen, doch das war lange her, in meiner persönlichen Steinzeit, sozusagen. Ich schüttelte mit dem Kopf.

„Nein Leo, guck mal was der kosten soll ... der ist doch viel zu teuer."

Leos Augen blitzten zornig und, dass er schlagfertig genug war, sich zu revanchieren, sollte ich schon bald merken. Vorerst galt meine besondere Aufmerksamkeit der attraktiven Dame am Infostand.

„Guten Morgen, schöne Frau, ich hätte gern einen Lageplan von ihrem Zoo."

Die junge Zooangestellte musterte mich mit kritischem Blick, zögerte einen Moment, reichte dann aber einen Plan herüber. Genaugenommen hielt sie ihn vor Leos Nase: „Da, mein Junge. Du bist bestimmt der bessere Spurenleser von euch beiden. Oder willst du noch einen zweiten Plan für deinen Opa mitnehmen, falls der sich mal verlaufen sollte?"

Die beiden lachten herzlich. Ha ha, ausgesprochen witzig, selten so gelacht! Na ja, so etwas nehm ich mit Humor. Der verging mir allerdings, als mein kleiner Begleiter sich dem grünen Spaßvogel zuwandte und lautstark verkündete: „Der da ist gar nicht mein Opa."

Musste der Bengel schon wieder seinen Senf dazugeben? Das grüne Trikot stutzte. Sah mich prüfend an. „Ach so, Sie sind ... der Vater des Jungen?"

Kalt erwischt, mit einer ganz simplen Frage.

„Der Vater? Also, nein ... eigentlich nicht, ich bin eher so ein Onkel oder quasi der Tagesvater. Ja, vielleicht könnte man das so nennen, was, Leo?"

Mein Lächeln wurde zur Grimasse. Das schien der richtige Zeitpunkt für die Rache eines frustrierten, neunjährigen Jungen zu sein.

„Der ist nicht mein Onkel, das is´ nur der Herr Weber."

Erstaunlich, wie viel Geringschätzung so ein Winzling in seine Worte legen konnte. Betretenes Schweigen.

Die Lady in Grün fand als Erste ihre Worte wieder: „So, so ... aber den Herrn Weber, den kennst du schon etwas länger, oder?"

„Nee, den kenn ich fast gar nicht."

Leo sah ausgesprochen zufrieden aus. *Fast gar nicht* war ja eine durchaus zutreffende Darstellung unserer momentanen Beziehung – leider nur zu einem äußerst ungünstigen Zeitpunkt. Die junge Miss Marple aus Gelsenkirchen-Buer schöpfte nun endgültig Verdacht: „So, der Junge kennt Sie kaum und verwandt sind Sie auch nicht – können Sie mir das irgendwie erklären?"

„Ja, nee. Also, eigentlich ist das so, ich und ... der Ole, äh, also der Junge ..."

„Ich heiße Leo!", rief mein kleiner Schützling.

„Sie kennen nicht mal seinen Vornamen?"

In meinem Rücken spürte ich den entsetzten Blick abertausender Kuscheltieraugen.

„Ja, doch, natürlich kenne ich seinen Vornamen. Nur, jetzt, in der Aufregung, da hab ich mich versprochen. Meine Güte, das kann doch mal passieren!"

Im Drehständer der Sonnenbrillenkollektion spiegelte sich mein gequältes Lächeln.

„Sie bleiben jetzt mit dem Kind hier stehen und rühren sich nicht vom Fleck!", kommandierte die Mitarbeiterin des Zoos mit energischer Stimme. Die ich nun gar nicht mehr so attraktiv fand. Mann, war ich geladen! Wütend auf den kleinen Giftzwerg und diese Wichtigtuerin. Aber es half ja nichts. Ich musste Leo wieder auf meine Seite ziehen, um aus diesem Schlamassel herauskommen.

Ich packte den Jungen am Arm: „Hör mal zu, Leo."

Ein ängstlicher Blick hoch zu mir. Na, so würde mir das kaum gelingen. Ich atmete tief durch, ging in die Knie und begab mich auf Augenhöhe. Schon besser.

„Leo, wir haben ein Problem. Wenn diese Frau nicht akzeptiert, dass wir zusammengehören, kommen wir heute nicht in diesen Zoo. Die bringt es fertig und ruft die Polizei. Um das zu verhindern, müssen wir beiden uns auf jeden Fall vorher wieder vertragen."

Leo zögerte einen Moment, dann nickte er.

„Danke Leo. Wenn du ihr jetzt noch erklärst, wer du bist und wer ich bin und warum wir heute zusammen in den Zoo gehen wollen, dann ..."

Leo nickte und bewegte sich mit ernster Miene auf die junge Verkäuferin zu. Miss Marple Junior beugte sich zu ihm hinunter und lauschte seinen Worten, bis sich ihre Sorgenfalten aufgelöst hatten. Sie schenkte Leo zum Abschied ein Lächeln, ich schenkte ihm den blauen, glitzernden Stein. Der Junge strahlte. Dieser Zoobesuch fing ja doch noch gut an ...

6.Kapitel

Aufruhr in Alaska

Unseren Zoo-Rundgang wollte ich in den Dschungelwelten Asiens beginnen, Leo stimmte für Afrika.

„Weil es da wilde Löwen gibt ... und lustige Affen."

Wir einigten uns schließlich auf die „Alaska-Tour" als Kompromiss. Leo ernannte sich umgehend zum Zooführer, weil er im Besitz der beiden Lagepläne war. Egal, vorläufig ließ ich ihn mal gewähren. Natürlich würde ich unbemerkt die Fäden in der Hand behalten, klarer Fall ... Dann, im ersten Gehege – ein sibirischer Luchs. Er lag direkt vor uns, dösend in der Sonne. Sein Pelz glänzte wie goldener Samt, ein schöner Anblick. Ich versuchte Leo auch für die Informationstafeln zu begeistern. Warum soll ein Kind bei einem Zoobesuch nicht etwas lernen?

„Guck mal hier, wen der so alles frisst. Rehe, Hasen, Füchse, Marder ... was ... wie bitte? Wie der die frisst? Keine Ahnung, aber so genau wollen wir das doch gar nicht wissen, Leo."

Kurz darauf bekamen wir selbst Appetit und futterten gemütlich auf einem Baumstamm sitzend unsere Stullen. Merkwürdig, obwohl wir nicht miteinander redeten, hatte ich das Gefühl, dass wir uns ein kleines Stück näherkamen. Ich bin ja niemand, der Kinder grundsätzlich süß findet. Oder alles toleriert, was diese kleinen Strolche an

57

Dummheiten anstellen. Aber hier so ganz entspannt neben diesem Jungen zu sitzen, das gefiel mir. Der alte Mann und das Kind. Ein Kind mit ungewöhnlicher Ausstrahlung, genau so, wie es mir Susanne beschrieben hatte. Ich glaube, es lag vor allem an seiner Art, der Welt immer noch freundlich und mit großer Neugier zu begegnen. Trotz der gemachten Erfahrungen hatten seine Augen nicht den traurigen Glanz einer verletzten Kinderseele angenommen. Dieser Junge ließ sich einfach nicht unterkriegen. Streit sollte man mit so einem Energiebündel wohl besser vermeiden. Wenn das überhaupt möglich war, Konflikten mit Kindern aus dem Weg zu gehen. Nun, zum Glück herrschte eine friedliche Stimmung und so zogen wir frisch gestärkt weiter ...

Das nächste Tier tauchte sofort unter, als es uns kommen sah, doch ich erkannte, dass es ein Biber war, dafür brauchte ich nicht einmal die Infotafel. Ich erzählte dem Jungen, was diese Burschen für tolle Staudämme bauen, doch leider gab es hier keinen einzigen.

„Dann eben nicht, du Spielverderber!"

Der Biber schien ebenfalls beleidigt, jedenfalls tauchte er nicht mehr auf. Leo rührte sich nicht vom Fleck. Meine Aufforderung zum Weitergehen überhörte er einfach, deshalb versuchte ich es wie der alte Leitwolf: Energisch voranschreiten, damit das kleine Wölfchen aus Angst vor dem Alleinsein zügig hinterhergedackelt kommt. Dabei überholte ich auf dem Weg zur nächsten Tierattraktion eine lärmende Grundschulklasse, schließlich wollte ich nicht nur in der dritten Reihe landen. Zu sehen gab es jetzt den „Baumstachler", ein kugeliges Etwas mit vielen Stacheln. Ich eroberte einen strategisch günstigen Platz mit guter Sicht, direkt neben der Infotafel.

„Der Baumstachler hat ca. 30.000 dicke, acht Zentimeter lange Stacheln..."

Die Kinder neben mir wurden merklich ruhiger und lauschten gebannt meinen Worten.

„... bohren sich die Stacheln, die mit kleinen Widerhaken versehen sind, in den Angreifer und dringen mit jeder seiner Bewegungen immer tiefer ein. Dabei können sie mit der Zeit den Körper des Feindes sogar völlig durchwandern."

Mit großen Augen sahen mich die Kids an und grübelten, ob man meinen Worten Glauben schenken durfte. Ein älterer Herr, offensichtlich der Klassenlehrer dieser Rasselbande, klopfte mir anerkennend auf die Schulter: „Sehr guter Vortrag, junger Mann, sehr informativ. Sagen Sie mal, womit füttern Sie denn diese Stacheltiere?"

Wer sich freiwillig mit diesen kleinen Nervensägen abgibt, der muss doch Humor besitzen, dachte ich mir und blieb die Antwort nicht schuldig: „Ja, im Moment sind die Burschen noch vollkommen satt, das kann jetzt Tage, sogar Wochen dauern, bis sie wieder mal einen unvorsichtigen Zoobesucher aufspießen und genüsslich verspeisen."

Der Lehrer blickte mich irritiert an, ich blickte mich suchend um. Wo war Leo? Er war nirgends zu sehen. So ein Mist, ich hatte ihn verloren! Wo war die kleine Kröte nur hin? Hm ... was macht denn so ein Junge in dem Alter? Will er als Erster am nächsten Gehege sein oder bleibt er einfach irgendwo stehen? Da kenne sich einer aus mit der kindlichen Psyche. Ich beschloss, zurückzugehen zum Bibergehege ...

Wieso stand dort auf der Infotafel „Kanadischer Fischotter"? Sehr merkwürdig. Während ich noch darüber nachdachte, tauchte er wieder auf. Also der Biber, der jetzt plötzlich ein Otter sein sollte. Aber auch Leo, der mit konzentriertem Blick am Wasserbecken hing und mich kein bisschen vermisst hatte. Er versuchte mir klar zu machen, dass dieses Tier in regelmäßigen Abständen erscheinen würde, man müsste nur geduldig warten. Geduldig warten? Das hatte mir noch gefehlt! Ich nahm den Burschen an die Hand und zerrte ihn weiter.

„Ein anderes Mal, Leo. Wir haben bislang erst eine Handvoll Tiere gesehen, dafür aber schon eine kleine Ewigkeit gebraucht. Wir müssen jetzt mal vorwärtskommen!"

Ja, in so einem großen Tierpark kann man sich ohne weiteres verzetteln, wenn man kein gut durchdachtes Konzept hat. Mein Plan war es, zügig dem ausgeschilderten Rundgang zu folgen, denn der wurde schließlich von studierten Fachleuten entworfen. Die sollten doch wissen, wie man zeitsparend vorwärtskommt. Es folgte dann - ein kurzer Aufenthalt bei den Elchen, ein Blick auf die Eisbären, flott zu den Wölfen, zügig die Seehunde, fix die Polarfüchse, Braunbären, Rentiere, Schneehühner!

Erschöpft legten wir an der Imbiss-Bude, die sich hier großspurig „Alaska Fritten Ranch" nannte, einen Zwischenstopp ein. Mein kleiner Begleiter dachte kurz nach und teilte mir dann in feierlichem Ton seine Entscheidung mit: „Pommes mit Ketchup, Majo und Senf."

Ich zögerte mit der Bestellung ...

Aus den hinteren Reihen der Warteschlange hörte man erste Anfeuerungsrufe wie: „Mach doch mal hinne!" oder „Kerl, datt kann doch nich so schwer sein!"

Der Zuruf „Werden die Pommes heute einzeln abgezählt, oda watt?", wurde sogar mit Beifall bedacht.

Ich erklärte Leo auf die Schnelle, dass man sich nur eine, maximal zwei Beilagen gönnt. Zum Glück war der Junge einsichtig und bestellte nur noch eine doppelte Pommes mit Senf. Leos Wunsch wurde von den hinter mir Stehenden lautstark unterstützt und ich fügte mich ihrem Mehrheitsvotum.

„Gleich werden die nachtaktiven Tiere munter!", war noch das Netteste, was uns hinterhergerufen wurde.

Mannomann, wie peinlich! Wir setzten uns in die hinterste Ecke der Holzbaracke. Ich schwieg, Leo schwatzte. Der Kleine konnte fröhlich plappern und dabei in aller Ruhe seine Pommes essen. Ein sprechender Pürierstab. Der Senf – die Portion zu 60 Cent – blieb allerdings liegen. Aber warum? Der Junge war doch ein pfiffiges Kerlchen. Sicher, Erwachsene machen auch Dummheiten, kaufen manchmal zu viel oder das Falsche. Haben die einen vernünftigen Grund dafür? Eigentlich nicht. Warum sollte sich ein Kind schlauer verhalten? Wieso hat man überhaupt diese Erwartungen an ein Kind? Da musste ich unbedingt mal Susanne fragen, die sollte das doch eigentlich wissen. Sie hatte mir erst neulich „Die Entwicklungspsychologie des Kindes" geliehen ... Das Buch lag zurzeit auf meinem Nachttisch und verstaubte dort. Sollte ich jemals wieder unversehrt nach Hause zurückkehren, werde ich es lesen, versprochen!

7. Kapitel

Wenn die Schneeeule tanzt

Die eigentliche Attraktion in der Alaska-Erlebniswelt war kein Tier, sondern ein kleines 3D-Kino in den Ruinen einer Goldgräberstadt. Schief an einen alten Balken genagelt hing über unseren Köpfen ein verstaubtes Schild: „Alaska Ice Adventure". Auf der Infotafel wurde *eine abenteuerliche Reise durch Alaska in der Moving Ground Ice Area* angekündigt. Was auch immer das zu bedeuten hatte – da wollte ich nicht hin! Leo unbedingt. Wir stellten uns an das Ende der Warteschlange und übten uns in Geduld. Mein Begleiter begann damit, Steine durch die Gegend zu schießen.

„Leo, lass das bitte mal sein."

Direkt vor uns wurde geraucht. Vater, Mutter und Kind. Also das Kind, ein kleines, blasses Mädchen natürlich nicht. Hinter uns wurde heftig gedrängelt. Ich reagierte gereizt, Warten ist bekanntermaßen nicht mein Ding. Leo kickte weiterhin Steine umher.

„Leo, hörst du schlecht, du sollst damit aufhören!"

Ich warf ihm und allen anderen böse Blicke zu. Warum hatte ich mich bloß darauf eingelassen? In einem Tierpark will man doch schließlich Tiere sehen und keine Abenteuerfilme. Plötzlich entstand in der Wartezone Unruhe, weil sich ein kräftiger Bursche in Gelsenkirche-

63

ner-Zoogrün energisch den Weg nach vorne bahnte. Mit strengem Blick auf die wartende Masse entfernte er das Absperrseil.

„Aufgepasst, Leo. Es geht los. Aufrücken, schnell!"
Ich zerrte den Jungen vorwärts, und fast hätten wir es geschafft ... hinein ins Kino. Doch direkt vor uns stoppte das Drehkreuz und verpasste mir einen blauen Fleck am Oberschenkel. Ich fluchte laut vor mich hin und begann frustriert Steine durch die Gegend zu schießen.

Ungewöhnlich war es dann schon, diese Mischung aus 3D-Kino und einem Erdbeben der Stärke 6,5. Am Ausgang trafen wir die Raucher mit ihrer kleinen Tochter wieder, das Mädchen hockte röchelnd da und kotzte ein buntes Mosaikmuster auf die glitzernden künstlichen Eisberge. Wer hatte sich das bloß ausgedacht – eine Frittenbude direkt vor diesem Rüttelkino? Das Planungskomitee des Zoos bewies jedenfalls Sinn für Humor. Unsere Alaska-Tour endete schließlich bei den Schneeeulen. Leo fand diese flauschigen Federknubbel ziemlich cool, ich fand sie eher langweilig.

„Komm, lass uns weitergehen. Bei den Eulen gucken wir später noch mal vorbei ... versprochen."
Wir brachen auf nach Afrika.

„Hm, wir sollten eine Auswahl treffen...", sagte ich grübelnd zu Leo, doch der wollte sie alle sehen: die Blaumaulmeerkatzen, Gänsegeier, Tüpfel-Hyänen, Erdmänn-

64

chen, Gorillas und Giraffen. Natürlich auch die roten Varis aus Madagaskar, eine Affenart, die sich in einem kleinen Areal des Zoos frei bewegen durfte. Diese Lemuren sind sehr gesellige und zutrauliche Zeitgenossen, die sich sogar streicheln lassen. Das finden natürlich alle ganz toll. Abgesehen von mir. Mein Ding ist das nicht, so ein pelziges Tier anzufassen. Deshalb stellte ich mich abseits des Rummels in den Schatten eines Baumes. Nun konnte ich ganz entspannt der fröhlich lärmenden Kinderschar zusehen, wie sie die kleinen Äffchen kraulte.

Es knackte, ein kleiner Ast fiel zu Boden. Ich blickte nach oben und entdeckte über mir im Baum einen Vari, der neugierig zu mir hinuntersah. Ich tat gelangweilt, behielt den Burschen aber unauffällig im Auge. Der Affe hangelte sich näher heran, ich wich einen Schritt zurück. Meinem geordneten Rückzug kam das kleine Kerlchen leider zuvor, indem es blitzschnell von einem Ast hinunter auf meine Schulter sprang.

„Hilfe!", murmelte ich, aber nur ganz leise, weil ich niemanden erschrecken wollte. Jetzt bloß keine falsche Bewegung! Wenn der erst einmal nervös oder wütend wurde, zog der womöglich an meinen Haaren. Oder knabberte mein Ohr an.

„Der soll mal zu mir kommen!", rief Leo lachend und rannte auf uns zu.

Ja genau, dachte ich, Äffchen – geh doch zum Leo oder sonst wohin, Hauptsache weg! Der Vari schien Gedanken lesen zu können, jedenfalls huschte er von meiner Schulter zum Boden hinunter und verschwand flink im Unterholz. Ich beschloss ebenfalls die Flucht zu ergreifen, packte die Hand des Jungen und zog ihn mit mir.

„Leo, komm, wir wollen doch noch die Löwen sehen, die gehen bestimmt bald schlafen."

Tatsächlich schien ich recht zu behalten und das, obwohl ich überhaupt keine Ahnung von den Schlafgewohnheiten dieser Raubtiere hatte. Jedenfalls war der König Afrikas nirgends zu entdecken. Wir suchten gründlich und fanden alles Mögliche, nur keinen Löwen. Schließlich ging ich nach links, mein kleiner Begleiter nach rechts. Irgendwann hätten wir uns wieder begegnen müssen, aber Leo tauchte nicht wieder auf. Hatte der Junge den Löwen entdeckt? Hier, in diesem Bereich war ein wild begrünter Wassergraben angelegt worden, auf der anderen Seite hatte man zusätzlich einen hüfthohen Elektrozaun angebracht. Eine Raubkatze hätte nun – mit der Mentalität eines Zehnkämpfers – im schräg abfallenden Tiergehege eine Wand hochspringen, den elektrischen Schlag ignorieren und durch den Graben schwimmen müssen, um auf die andere Seite zu gelangen. Schien fast so, als sollte nicht der Zuschauer, sondern der Löwe geschützt werden. Aber wo blieb Leo? Hm, da vorne auf dem Wasser trieb ein Plan vom Zoo herum, na unserer war das sicher nicht. Ich suchte weiter, rief ein paar Mal laut „Leo!" und betrat dann, nachdem ich keine Antwort erhielt, vorsichtig den Rand des Wassergrabens. Die ersten Passanten blieben stehen und staunten. Dachten wahrscheinlich: Wie witzig, der ruft nach dem Löwen. Hm, wie tief ist denn so ein Graben? Konnte man es riskieren noch näher... Den Gedanken hatte ich noch nicht ganz zu Ende geführt, als er plötzlich vor mir stand!

Nicht etwa Leo, sondern derjenige, den wir gesucht hatten, der König der Tiere. Ein eindrucksvoller Bursche, der da in aller Seelenruhe hinter einer Hecke hervorgetänzelt kam. Geschätzte Entfernung: circa dreißig Meter. Reicht gerade so für einen kurzen Anlauf vor dem finalen Sprung auf die Beute, dachte ich. Der Löwe blickte sich kurz um, schüttelte seine Mähne und gähnte herzhaft. Ein imposantes Gebiss, das gehörte sicher keiner Schmusekatze. Hatte wohl gerade sein Mittagsschläfchen beendet, der Gute. Oder wurde schon wieder müde, weil er zu viel gefressen hatte. Ich dagegen war hellwach. Versteckte sich Leo etwa hier in den Büschen am Wassergraben? Vorsichtig machte ich einen Schritt auf den Graben zu. Und noch einen, ganz langsam ... Beim dritten traf mich der Schlag! Ziemlich heftig sogar. Offensichtlich bekam der Zoo seinen Strom im günstigen Vorteilspack geliefert. Denn auf der Besucherseite war ebenfalls ein Elektrodraht gespannt worden, auf Kniehöhe etwa, aber gut getarnt im Ufergras. Ich verlor die Balance, rutschte den Uferrand hinab und stand plötzlich mit einem Bein im Wassergraben. Was sollte das denn? Wollte man unvorsichtige Besucher per Stromschlag zu Fall bringen und lähmen? Ein wehrloses Appetithäppchen, das langsam zum anderen Ufer hinübertreibt. Als „Löwenüberraschung" frisch auf den Tisch, die Alternative zur üblichen Hausmannskost ...

Der Löwe fand mich jedenfalls interessant genug, um ein paar Schritte näherzukommen. Ich dagegen hielt eine Bekanntschaft, bei der mich jemand zum Fressen gern haben würde, nicht für sonderlich erstrebenswert und beschloss, den Graben zügig zu verlassen. Was ich nebenbei aus dem Wasser fischte, war kein Zoo-Plan, sondern nur ein Baumarktprospekt. Andere Zoobesucher reichten mir ihre Hände und halfen mir aufs Trockene. Die Kinder einer Schulklasse applaudierten und schossen Erinnerungsfotos. Ein älterer Herr, der mir irgendwo schon einmal begegnet war, klopfte mir anerkennend auf die Schulter: „Großartig, junger Mann, wie Sie hier für Ordnung sorgen! Ein Papierflyer auf dem Wasser, schon springen Sie rein und fischen ihn raus. Sehr vorbildlich."

Ich war sprachlos. Erst recht, als ich in der Menschenmenge Leo erkannte.

„Verdammt Leo, wo warst du denn!?"

„Ich hab, mi... mich da vorne versteckt, wollte di... dich erschrecken", stammelte der Junge aufgeregt.

Jetzt hätte ich etwas Strenges sagen, ihn zumindest ermahnen müssen, doch es klappte nicht. Ich war zu froh, dass Leo nichts passiert war. Kann sein, dass ich ihn sogar kurz an mich gedrückt habe. Aber nur ganz kurz.

Miss Marple vom Infoschalter im Souvenirshop schüttelte resignierend den Kopf, als sie mich wiedererkannte und meine verschlammte, nasse Hose sah. Ich nutzte ihr aktuelles Sonderangebot zu 19 Euro 90 das Stück: Ein zoogrünes Handtuch mit einem lachenden Löwen darauf, mit dem ich meine Jeans halbwegs wieder in Form brachte. Dann setzten wir uns vor dem Shop auf eine Bank in die Sonne, um sie noch kurz trocknen zu lassen. Ich sah auf die Uhr. Meine Güte, war die Zeit schnell vergangen! Jetzt musste ich Leo wohl erklären, dass wir keine Chance mehr hatten, weiteren Zoobewohnern „Hallo" zu sagen. Er reagierte wütend mit zornig funkelnden Augen: „Du bist schuld, dass die Zeit weg ist! Die Schneeeulen, da wollten wir noch mal hin, du hast es versprochen. Du bist schuld, du Lügner! Und den Stein, den schenk ich dir auch nicht!"

Mit diesen Worten schleuderte er das glitzernde Andenken aus dem Souvenirshop bis in den asiatischen Dschungel hinüber. Weil die Ereignisse des Tages aber auch an meinem Nervenkostüm gezerrt hatten, war ich

69

etwas dünnhäutig geworden. Ich packte den Jungen am Arm und schüttelte ihn heftig.

„Du undankbarer, kleiner ... !"

Den Zwerg konnte ich mir gerade noch verkneifen.

Ich sah in wütende, aber ebenso traurige Kinderaugen. Wahrscheinlich war dieser Tag für den kleinen Knirps sehr anstrengend und verwirrend gewesen. Ein Tag mit Benno Weber, dem Mann seiner netten Klassenlehrerin. Ein merkwürdiger Kauz, der nicht mal ein Auto besaß und bei längerem Warten ungeduldig und reizbar wurde. Der auch keine drei Euro fünfzig für einen glitzernden Zauberstein übrig hatte, sich stattdessen aber mit der netten Dame im Souvenirshop anlegte. Der Vorträge über einen Biber hielt, der eigentlich ein kanadischer Fischotter war. Den man, obwohl er ständig über Ordnung und Regeln schwadronierte, aus dem schlammigen Löwengraben ziehen musste. Ja, so sah er mich wahrscheinlich, der Junge. Mein Eindruck von seinen Eigenschaften war allerdings auch zwiespältig: Zum einen wirkte dieses Kind neugierig, sensibel und schlau – zum anderen aber auch maßlos, unordentlich und jähzornig. Keine große Erfolgsgeschichte das Ganze. Trotzdem ... bislang waren wir ganz gut miteinander ausgekommen, fand ich. Dafür, dass wir uns noch nicht sehr lange kannten. Und uns vierzig Jahre voneinander trennten. Die mich allerdings auch zum Verantwortlichen unseres Teams machten.

Also entschloss ich mich, die Friedensfahne zu schwenken und wagte einen Versuch, den enttäuschten Jungen aufzumuntern: „Hört der Leo auf zu heulen, geh'n wir schnell noch zu den Eulen."

Leo erwiderte nichts, sondern marschierte einfach los. Wie ein kleiner T-Rex stapfte er energisch voran, ohne sich nach mir umzusehen. Wie hatte sich der Junge bloß den Weg zur Voliere der Eulen gemerkt? Unterwegs schniefte der kleine Saurier noch ein wenig, weil er vor Wut ein paar Tränen vergossen hatte, doch er marschierte unaufhaltsam weiter. Ja, und dann, dann waren wir tatsächlich ohne allzu große Umwege ans Ziel gelangt: Leos Schneeeulen.

„Sind die nicht schön?"

Seine Augen leuchteten.

„Guck mal, jetzt tanzen sie wieder."

Ich staunte, die tanzten? Ja, wie denn? Leo erklärte es mir. Dass sie ihren Kopf in einem gewissen Rhythmus drehen, nach rechts und nach links und dann wieder geradeaus.

„Äh, die tanzen also nur mit ihrem Kopf?"

„Und mit den Füßen. Aber das sieht man ja nicht."

Nach diesem versöhnlichen Ende spendierte ich uns am Ausgang des Zoos noch ein Eis.

„Kann ich auch drei Kugeln haben, Herr Weber? Der hat genau die Sorten, die ich am liebsten mag."

71

„Geht klar. Die drei Kugeln haben wir uns echt verdient, Leo. Nur musst du mir dafür noch einen Gefallen tun. Wir kennen uns doch jetzt schon ganz gut, nenn mich doch einfach Benno."

„Ja gut, mach ich, Herr Weber."

Später, auf der Heimfahrt im Bus, dachte ich noch einmal über die Eulen nach. Vielleicht sah der Junge einfach mehr als ich, weil ihm auch die kleinen Details wichtig waren. Wenn ich mir die Eulen jetzt in Gedanken so vorstellte – und die Idee gefiel mir plötzlich – tanzten sie vielleicht doch, nur auf eine ganz andere Art. Den Schneeeulen-Blues oder einen Käuzchen-Hip Hop. Wie auch immer, irgendwann lehnte sich Leo bei mir an, er sah erschöpft aus. Ich beugte mich zu ihm hinüber.

„War das ein verrückter Zoobesuch, was?"

Leo nickte. Und strahlte für einen Moment über das ganze Gesicht.

8.Kapitel

Arschbombenmüde

Am Samstagmorgen hat unser Wecker frei. Wenn das erste Morgenlicht zaghaft durch die Jalousien blinzelt, ignorieren wir es, drehen uns auf die andere Seite und schlummern weiter. Wir bleiben einfach im Bett. Und dösen schamlos vor uns hin, bis sieben Uhr, bis acht Uhr ... bis ... ja, bis um fünf nach acht das Telefon klingelt.

Susanne knuffte mich und flüsterte mir zu: „Es könnte doch was Wichtiges sein, Benno ...", zog sich die Decke übers Kinn und schlief wieder ein.

Missmutig schlurfte ich zum Telefon.

„Weber...", knurrte ich in den Hörer.

„Guten Morgen, Benno. Störe ich euch beim Frühstücken? Nein? Ach... ihr habt noch geschlafen? Wir haben ja schon längst gefrühstückt. Gerade sagte ich noch zu Karl-Heinz, vielleicht sind die Kinder gerade erst aufgestanden ... Er meinte dann nur, dass man um diese Uhrzeit doch eher Kaffee trinkt und die Tageszeitung liest. Wenn es jetzt aber ungünstig für euch ist, könnten wir auch später ... Oder ihr ruft uns an, dann aber bitte erst nach zehn, weil wir gleich zu Aldi fahren. Heute sind da nämlich die Erdbeeren im Angebot, vom Bauer Schmittig, ganz lecker sind die, und das Pfund kostet nur 1,99!"

„Morgen Magda...", murmelte ich gähnend, „... ich hoffe, du hast noch einen triftigeren Grund als preiswerte Erdbeeren, um uns mitten in der Nacht zu wecken?"

„Benno, das klingt jetzt irgendwie vorwurfsvoll ... vielleicht sollten wir doch lieber später...?"

„Liebste Schwiegermama, sag mir doch einfach wo euch der Schuh drückt, ja?", flehte ich in das Telefon.

„Also gut ... es ist so: Ich koche gerade einen großen Topf mit Erbsensuppe, du weißt schon, die Suppe, die Susanne so gerne isst. Und es ist auch extra viel Fleischwurst drin, die Leckere vom Metzger Müller. Und da hab ich mir gedacht, ihr hättet bestimmt auch gerne eine Portion davon. Der Karl-Heinz würde dann gleich losfahren und euch die Suppe vorbeibringen."

„Das klingt verlockend, euer Angebot. Aber der Karl soll sich keinen Stress machen, der darf ruhig etwas später kommen."

Noch hoffte ich auf eine baldige Rückkehr in mein wohlig warmes Bett.

„Gut, ich rede mal mit ihm. Wir haben heute zwar noch einige Termine, aber mal sehen, zur Not kann er euch den Eintopf ja auch morgen früh bringen."

„Ja, genau, überlegt einfach, wie es euch am besten passt, und dann rufst du nachher noch mal an."

Für einen Moment herrschte Schweigen.

„Magda?"

74

„Ach, mein Junge, da wäre noch eine Sache ...“

„Aber bitte zügig – ich möchte zurück in mein Bett.“

„Zurück ins Bett? Warum das denn, geht´s dir nicht gut? Fühlst du dich etwa krank? Jetzt ist ja wieder dieser Magen-Darm-Virus unterwegs. Tante Käthe hat´s auch schon erwischt, die muss ständig ... “

„Hör mal, Magda, es ist viertel nach acht, um diese Zeit schlafe ich eigentlich noch. Und ich möchte auch noch nicht mit dir über Tante Käthes Magen-Darm Probleme diskutieren. Sei so lieb und komm endlich zur Sache!“

„Das klingt jetzt aber nicht sehr freundlich, ich weiß nicht, ob wir so miteinander, dabei ... wir hatten ja nur gedacht, der Karl-Heinz und ich. Eigentlich geht es um diesen Jungen, du weißt schon, der, mit dem ihr diese Ausflüge unternehmt. Wir unterhalten uns ziemlich oft darüber, über diese Sache.“

„Der Junge heißt übrigens Leo, Magda – aber was genau ist denn euer Problem?“

„Also ... wir wollen euch ja keine Ratschläge erteilen, aber ihr trefft euch so oft mit diesem Kind, da fragen wir uns, ob das wirklich gut ist? Es ist natürlich toll, wie ihr euch kümmert und so, nur, bei dem Jungen ... also bei diesem Leo ... da werden doch mit der Zeit auch Erwartungen geweckt, und wenn ihr dann mal keine Lust auf einen Besuch habt, wird der Junge bestimmt enttäuscht sein. Vielleicht solltet ihr – das meint übrigens auch Karl-

Heinz – nicht so regelmäßig zum Kinderheim fahren. Macht doch mal was ganz anderes. Dieses Wochenende zum Beispiel, da könntet ihr uns besuchen. Ich backe gerade den leckeren Kirschkuchen, Benno, den du so gerne isst. Also, wir würden uns freuen, wenn ihr vorbeikommt."

Benno, atme tief durch, sagte ich zu mir und ließ mir noch etwas Zeit mit der Antwort ...

„Das ist jetzt echt schade, Magda, aber aus dem Besuch bei euch wird leider nix. Wir sind nämlich für Sonntag schon mit Leo zum Schwimmen verabredet."

„Wir meinen es ja auch nur gut mit euch, Benno, und außerdem ..."

Leicht genervt unterbrach ich ihren Redeschwall.

„Ja, wir denken drüber nach. Aber grübelt nicht so viel, wir kriegen das schon hin. Und bevor der Karl die Suppe bringt, soll er doch bitte noch mal kurz durchrufen. Mach´s gut, Magda, tschüss!"

Ich hatte aufgelegt. Samstagmorgen in aller Herrgottsfrühe – definitiv der falsche Zeitpunkt, um mit mir so ein Gespräch zu führen. In mein Bett zurückgekehrt, begann ich zu grübeln, anstatt wieder einzuschlafen. Im Allgemeinen komme ich mit meinen Schwiegereltern gut aus. Jetzt aber war ich ziemlich verärgert, nicht nur, weil man mich so früh geweckt hatte, sondern vor allem wegen dieser „gut gemeinten" Ratschläge. Als ob ich mir nicht selbst schon ähnliche Gedanken gemacht hätte ...

Neulich erst hatte ich zu Susanne gesagt, dass es für Leo wahrscheinlich am besten wäre, wenn er möglichst bald neue Eltern finden würde. Doch meine Ehefrau sah das anders: „Ich hab mich erst vorgestern mit der Psychologin des Kinderheims unterhalten, und die hat mir erklärt, dass unsere Besuche dem Jungen gut tun und wichtig für ihn sind. Seine Pflegeeltern kommen ihn zwar hin und wieder auch besuchen, aber Leo spricht nicht mehr mit ihnen. Anfangs hatte er wohl geglaubt, seine Abschiebung sei so eine Art Strafe und gehofft, irgendwann würde man ihm verzeihen. Bis ihm eines Tages klar wurde, dass ihn niemand zurückholen wird. Da war er natürlich sehr niedergeschlagen und unglücklich."

„Ja, das ist wirklich eine sehr traurige Geschichte. Aber die Leute im Kinderheim tun doch ihr Bestes, um den Jungen wieder aufzubauen."

„Das mag ja sein, Benno, trotzdem werde ich das Gefühl nicht los, dass wir beiden vielleicht diejenigen sind, die seiner verletzten Seele gut tun. Es kommt mir fast so vor, als hätte unsere Begegnung etwas Schicksalhaftes."

Oh je. Herzschmerz, Schicksal, verletzte Seelen. Ich hab so ein Gefühl. Es kommt mir so vor. Was sind denn das für Argumente? Wie soll man denn so vernünftig diskutieren? Entnervt gab ich auf und fügte mich Susannes weiterer Planung: Sie und ich, Treffen mit Leo, im Stadtbad, am Sonntag. Hurra.

Mein ganz persönlicher Stress beginnt ja schon in der Umkleide der Badeanstalt: Natürlich klemmt die Chipkarte, der Schrank ist wieder mal viel zu klein und das Schlüsselarmband zu locker. Dann stelle ich fest: Ja, ich bin im Schwimmbad und nein, meine Badelatschen sind es nicht! Deshalb tänzel ich nun auf Zehenspitzen von der Umkleide zur Dusche, schließlich möchte ich mich weder lang legen, noch in die Brackwasserpfützen des Vorgängers treten. Tja, mit einem Kind wird das Ganze auch nicht lustiger. Denn, na klar, eine Chipkarte kann schon mal auf dem endlos langen Weg vom Automaten zum Spind verloren gehen. Und natürlich bemerkt man nicht sofort, dass der Schrank ein defektes Schloss hat. Jetzt müsste das Kind alles umräumen, doch die Klamotten landen zuerst einmal auf dem feuchten Boden. Zum Glück nicht die frische Unterwäsche, denn die hat der Knabe gar nicht erst mitgenommen ... Diese Pannen hielten Leo allerdings nicht davon ab, über meinen altgedienten Badeslip herzhaft zu lachen. Die knallig bunte XL-Badeshorts, in die er dann selbst hineinschlüpfte, war zwar viel zu groß für ihn, aber total angesagt, wie er mir erklärte. Leo hüpfte in seiner rutschenden Schlabberhose fröhlich durch den nasskalten Gang zur Männerdusche.

Donna Rosa hatte es mir ja prophezeit: „Der Junge ist wie ein Fisch im Wasser, der fühlt sich da sauwohl, und hinterher kriegt man ihn kaum wieder raus."

Allerdings fand Leo *Duschen* auch prima. Nachdem er einen Großteil meines exklusiven Duschgels für eine generöse Schaumbildung genutzt hatte, versuchte er herauszufinden, welche Brause wie lange Wasser spuckte und ob man es schaffen konnte, alle Duschen in Gang zu setzen, um einmal komplett unter ihnen durchzulaufen. Mit Hinweis auf diesen sinnlosen Energie- und Wasserverbrauch setzte ich seinem zügellosen Treiben ein humorloses Ende und zerrte ihn mit in die Schwimmhalle.

„So, Leo, jetzt geht´s ab ins Wasser! Wir machen zum Aufwärmen ein paar Dehnübungen, danach ziehen wir in aller Ruhe unsere Bahnen."

So war mein Plan. Nicht sehr unterhaltsam mit nur einem einzigen Programmpunkt, aber bin ich ein gelernter Kinder-Animateur? Und überhaupt, wieso hatte *ich* diesen Knirps schon wieder im Schlepptau? Etwa nur, weil Susanne mir im passenden Moment geschmeichelt hatte?

„So als sportlicher Kerl bist du doch ein viel besseres Vorbild für Leo als ich."

Mit dieser Begründung verschwand sie – ohne meine Gegenargumente abzuwarten – in der Schwimmbad-Sauna. Da stand ich nun, ganz allein mit meinem spartanischen Programm und einem hyperaktiven Jungen, der mich erwartungsfroh ansah. Und dieser kleine Kerl hatte, wie sich schon bald herausstellen sollte, eine ganz andere Vorstellung von einem Schwimmbadbesuch als ich. Sein erster, noch etwas zaghaft vorgetragener Wunsch lautete: ein Wettschwimmen, er gegen mich. Wie bitte, um die Wette schwimmen, mit mir ... einem sportlichen Typ im besten Mannesalter? Dieser übermütige Zwerg forderte mich heraus? Ha! Spontan warf ich meinen eigenen Plan über den Haufen. So einen frühkindlichen Ehrgeiz musste man unbedingt fördern ...

Doch kaum hatte ich mit dem Kommando „Auf die Plätze..." begonnen, schwamm er los! Na, geschenkt, bei einer Größendifferenz von knapp einem halben Meter. Doch es wurde viel schwerer als erwartet, denn der Knirps kämpfte wie ein Löwe. Sein Schwimmstil war nicht besonders ansehnlich, aber gut genug, um einen kleinen Vorsprung ins Ziel zu retten. Mit unbändiger Willenskraft hatte dieser kleine Bursche unser Wettschwimmen für sich entschieden. Obwohl er im Gesicht knallrot war und besorgniserregend keuchte, grinste Leo mich zufrieden an.

Leider war es kein Applaus, der mich am Beckenrand empfing, sondern der Bademeister, ein grimmig blickender, durchtrainierter Typ meines Alters, der mich wütend zusammenstauchte: „Ich glaub datt ja nich! Sind se denn verrückt geworden? Ihr Sohn kriegt ja ga keine Luft mehr. Wir sind doch nich bei Olympia, lassen se den Scheiß ma sein!"

Der hatte gut reden. Mir ging´s doch auch nicht besser. Ich nickte ich zur Bestätigung, was dem Herrscher des Bades als Antwort zu genügen schien. Brummelnd zog er von dannen. Kaum hatte ich Leo eine Verschnaufpause vorgeschlagen, überraschte er mich mit einer neuen Idee: „Sollen wir mal um die Wette tauchen?"

Mann, was war bloß mit diesem Bengel los?

Offensichtlich zählte er zu den glücklichen Babys, die durch eine von Klangschalen begleitete Wassergeburt auf die Welt gekommen waren ...

Immerhin gelang es mir Wett-Tauchen und Wasser-Judo abzuwehren, doch im Gegenzug musste ich Ballspielen und Brettspringen akzeptieren. Dieses Schwimmbadpro-gramm hatte nun mit meinem „In-aller-Ruhe-Bahnen-ziehen" leider nichts mehr gemeinsam.

Ein kleiner Bereich des Schwimmbeckens war für Kinder zum Spielen abgetrennt worden, den nutzten wir, um uns Bälle zuzuwerfen. Natürlich wies ich Leo darauf hin, dass man Rücksicht auf die anderen Besucher nehmen muss. Doch wir legten los wie die Feuerwehr, die Bälle zischten hin- und her, jetzt spielten wir Prellball. Dann boxte Leo den Ball in hohem Bogen zurück und ich ... konnte nicht widerstehen: Volleyball-Schmetterschlag! Ich traf ein kleines Mädchen mitten auf die Nase. Ein kurzer Quietscher, dann ging sie lautlos unter.

„Treffer, versenkt!", rief Leo und klatschte Beifall.

Ich fluchte und schwamm los, um das Kind zu retten. Als ich das Mädchen zum Beckenrand brachte, blickte ich auf zwei große Füße in Birkenstocklatschen. Der schon wieder, der Schwimmbad-Sheriff.

Er polterte los: „Mein lieba Kokoschinski! Nehm se doch mal Rücksicht auf die andern Besucher hier, Sie sollten mal ein besseret Vorbild abgeben!"

Zu allem Überfluss plärrte das kleine Mädchen los wie eine meckernde Ziege im Repeatmodus. Mein Gott, nur wegen so ein bisschen Nasenbluten!

„Mensch, Mäuschen, das tut wohl sehr weh ?! Du bist aber auch ein tapferes Mädchen."

Das Ziegengemecker wurde ein paar Dezibel leiser. Ich tätschelte noch eine Weile tröstend den Kopf des Mädchens bis die kleine Heulboje verstummte und sich das Bademeistergesicht etwas entspannte. Nach ausgiebiger Belehrung über die Baderegeln durften Leo und ich weiterziehen. Auf zum Sprungbrett!

„Ist offen!", rief Leo begeistert.

Ja, leider, dachte ich. Ein „Köpper" vom Rand war schon immer das einzige Highlight meiner sprungakrobatischen Fähigkeiten gewesen.

„Leo, mal ganz ehrlich: Ich bin ´ne ziemliche Gurke im Springen. Am besten ich guck dir nur zu.“

Der Junge sah mich erstaunt an.

Einen Moment dachte er nach, dann redete er beschwörend auf mich ein: „Du musst mitmachen, Herr Weber, alleine macht es keinen Spaß. Du kannst ja nur ´nen Hampelmann oder eine Arschbombe machen … dann merkt keiner, dass du nicht springen kannst.“

Gesagt, getan. Leo machte serienweise Salto, Rad und Handstand, ich blieb bei Strecksprung und Arschbombe. Dieser Junge mit seinem unmanierlich lauten Lachen verbreitete gute Laune, und die war ansteckend! Wir veranstalteten auf dem Brett einen Fechtkampf wie die Musketiere, spielten zwei Betrunkene oder machten alberne Fantasiesprünge. Als das Einmeterbrett schließlich gesperrt wurde, zog mich Leo an den Beckenrand und flüsterte mir zu: „Wenn der Bademeister nicht guckt, springen wir einfach von hier.“

Tja, jetzt musste ich wohl oder übel erneut die Spaßbremse spielen: „Nee, Leo, das geht nicht. Ist verboten und viel zu gefährlich. Wenn ich mich hier an den Rand stelle und nicht genau hingucke, ob da gerade jemand taucht.“

Es tauchte zwar niemand, aber jemand pfiff …

Der Bademeister! Ich verlor das Gleichgewicht und stürzte ins Becken. Als ich am Rand wieder auftauchte, blickte ich auf zwei mir wohlvertraute Füße in weißen Latschen.

„Sie schon wieder! Sind se noch zu retten? Machen dem Kind so einen Blödsinn vor. Springen vom Rand, ich glaub's ja nich!"

„Entschuldigung, aber ...", ich musste husten.

„Nee, datt entschuldige ich nich, Sie haben bis auf Weiteres Badeverbot, Sie dürfen duschen gehn!", mit diesen Worten stapfte der Meister des Bades knurrend davon. Was für ein aufgeblasener, eingebildeter Kerl! Bisher hatte ich bei „Halbgötter in Weiß" nur an Ärzte und Ärztinnen gedacht, aber nun ...

„Hab ich auch ein Verbot?", fragte mich Leo und sah mich besorgt aus großen Augen an.

„Nein, verdammt, keiner kriegt hier was verboten, das wollen wir doch mal sehen!"

Auf der Hallenbaduhr war es kurz vor zwölf, High Noon. Da saß er vor mir, der Bademeister, in seiner Kabine: Er sah aus wie ein Sheriff, die Füße auf dem Tisch, mit einem Becher Kaffee in der Hand. Der war sicher schwarz wie die Nacht, über dem Lagerfeuer zubereitet, und das, was er gerade futterte, waren bestimmt keine Mettbrötchen, sondern Bohnen mit Speck. Wuchtig stieß ich die alte Holztür des Marshall-Office auf und spuckte dem korrupten Gesetzeshüter mit verächtlichem Blick eine Ladung Kautabak direkt vor die Füße ...

Zaghaft klopfte ich an die Glastür und wartete, bis ich durch ein lässiges Nicken die Erlaubnis zum Eintreten bekam. Der *Sheriff von Watertown* hörte sich in aller Ruhe meine Darstellung an, sagte aber nichts, trommelte nur mit den Fingern auf einem schuhkartongroßen Holzboot herum, das auf seinem Schreibtisch stand.

„ ... und als ich meinen Jungen gerade auf die Gefahren hinwies, da ertönte Ihr Pfiff ... "
Seine Finger drehten das kleine Boot in meine Richtung und ich sah, dass es den ungewöhnlichen Namen „Für die Jugendabteilung der DLRG" trug.

„ ...war das also gar kein geplanter Sprung, sondern nur ein Versehen."
Die Finger wanderten über das Mitteldeck des Schiffsmodells und klopften auf den Spalt in der Mitte.

Als ich kurz darauf das Büro verließ, stellte ein lächelnder Bademeister das Dukaten-Schiffchen wieder an seinen alten Platz, nicht ohne es vorher noch ein wenig abzustauben. Draußen erwartete mich Susanne, die ihren Wellness-Tag sichtbar genossen hatte.

„Ach war das herrlich! Diese Ruhe, wunderbar. Was man so hört, ist es bei euch gar nicht so relaxed gewesen. Leo sagt, du hast Badeverbot bekommen, weil du vom Rand gesprungen bist."
„Ach nee, das war doch nur ein Missverständnis. Hab ich schon längst aufgeklärt. Das Verbot musste der Bademeister natürlich zurücknehmen."

... und der Spaß hat mich zehn Euro gekostet, ergänzte ich in Gedanken, ließ mir aber nichts von meinem Frust anmerken. Unter der Dusche spülte ich ihn einfach weg und tröstete mich damit, dass ich durch verschwenderischen Warmwassergenuss einen Teil meiner Spende ausgleichen konnte. Dabei summte ich ein paar Zeilen aus einem alten Lied. Von den Toten Hosen – oder war es von den Ärzten? *Paule heißt er, ist Bademeister. Paule schubst Kinder vom Einer, Paule ist ein ganz Gemeiner!* Nachdem wir uns umgezogen hatten, suchten wir – damit es so unterhaltsam blieb wie bisher – noch eine Weile Leos Chipkarte. Sie lag in der hintersten Ecke von seinem Spind. Leo war natürlich unschuldig und ich ... ich fühlte mich einfach zu erschöpft, um mich noch großartig darüber aufzuregen.

Etwas später saßen wir drei in der benachbarten Vitaminbar des Stadtbads und gönnten uns einen Fruchtcocktail. Den hatten wir uns redlich verdient.

„Mann, das Schwimmen hat mich echt geschafft, ich bin vielleicht k.o.!"

„Von den Arschbomben?", fragte Leo nach.

„Genau Leo, davon und von den tausend anderen Sachen, die wir gemacht haben. Jetzt würde ich mich gerne ins Bett legen, so müde bin ich."

„Arschbombenmüde!", rief der Junge grinsend und schien ziemlich erleichtert zu sein, dass er uns nach dem

Stress mit der Chipkarte noch einmal herzhaft zum Lachen bringen konnte. Ich wischte mir ein paar Tränen aus den Augen und dachte dabei: Genauso wäre es wohl mit dem eigenen Sohn. Ein Zusammenleben mit Höhen und Tiefen, ein ständiges Auf und Ab der Gefühle. Der ganz alltägliche Wahnsinn. Na, zum Glück war ich nicht Leos Vater, sondern nur sein Wochenend-Onkel.

Aber eigenartig ... obwohl man dem Jungen eigentlich wünschen sollte, dass er eine neue Pflegefamilie mit einem netten Papa fand, hielt sich bei diesem Gedanken meine Begeisterung in Grenzen. Gewöhnte ich mich etwa an diesen kleinen Racker, würde ich ihn eines Tages vielleicht sogar vermissen?

So eine Gefühlsduselei, das musste an meiner völligen Erschöpfung liegen. Oder an Susanne mit ihrem Gerede von Seelenverwandtschaft und Schicksal ... Ich werde jedenfalls mein ruhiges und geordnetes Leben nicht durcheinanderbringen lassen, schon gar nicht von diesem kleinen Jungen aus dem Kinderheim. Unsere Treffen am Wochenende waren anstrengend genug, da hatte ich mir für den Rest der Woche doch eine kinderfreie Zeit verdient, oder etwa nicht?

9. Kapitel

Dirty Look und extraweit

„Nein, Leo, du bekommst jetzt keine Knarre!"
Beginnt man einen Einkaufsbummel im Spielzeugparadies, um ein Kind bei Laune zu halten? Nein, das macht
man nicht! Denn in so einem riesigen Spielwarensortiment gibt es Waffen zuhauf, in allen möglichen Farben
und Formen. Verständlich, dass ein zehnjähriger Junge
dieser Versuchung nicht widerstehen konnte. Dieser Anziehungskraft, die Pistolen, Schwerter und Flitzebögen
schon immer auf uns ausgeübt haben ...

Langsam schlurften wir die staubige Straße hinunter.
Rechts und links die Hütten und Läden der braven Bürger, die wir zu beschützen hatten. Wir, das waren der
kleine Konrad, Jürgen mit dem schwarzen Haar und ich,
der dünne Benno. Konny, Jogi und Ben. Der Jogi sah aus
wie ein echter Cowboy – mit dem Springseil seiner
Schwester als Lasso am Gürtel und rasselnden Sporen,
die er an seine alten, abgewetzten Sandalen geklebt hatte.
Konny und ich, wir waren zwei Marshalls mit schwarzen,
silberverzierten Plastikwesten und einem blechernen
Sheriffstern darauf. Die Hüte lässig ins Gesicht gezogen,
gingen wir diesen einen Weg. Über unsere Straße, durch
unser Dorf. Reihenhäuser, hier wie dort, brav und bieder,
für kinderreiche Familien, staatlich gefördert. Im Zent-

89

rum dieser Siedlung eine Sackgasse, die tatsächlich mehr spielende Kinder als Autos kannte. Im Wendekreis blieben wir stehen, die Hände am Gürtel und Eiseskälte im Blick. Jetzt zur Karnevalszeit, in der wir unsere kleine Stadt verteidigen mussten gegen Banditen, Indianer, Raubritter und Piraten. Mit unseren silbernen Colts, geladen und immer griffbereit. Dazu reichlich Reservemunition in den Taschen. Man wusste ja nie, ob vielleicht hinter dem neuen Supermarkt oder auf einem der Garagendächer irgendein Gesetzesloser lauerte. Manchmal beschossen wir uns auch gegenseitig, dann wurde gelost, wer die Rolle des Schurken spielen musste. Zum Verdruss der friedlichen und ruhebedürftigen Einwohner von Freisenbruch-City fanden wir immer einen Grund, unsere Waffen abzufeuern, und sei es nur, um streunende Katzen oder kleine Kinder zu erschrecken. Heutzutage undenkbar, in einem Zeitalter, in dem brave Bürger vor Gericht ziehen, um gegen den verstörenden Lärm eines Kinderspielplatzes zu klagen.

Dass ich jetzt mit Leo in der City von Herne unterwegs war, hatte ich mir selbst eingebrockt. Ich hätte nicht an seiner Bekleidung rumnörgeln dürfen.

„Mensch, Leo, deine Klamotten sind ja viel zu groß. Zieh dir doch mal was Passendes an."

Leo trat mir humorlos vors Schienbein.

„Hey, bist du noch zu retten, was soll das!?"

„Immer musst du meckern. Nie mach ich was richtig!", erwiderte Leo wütend.

„Damit eins klar ist, noch so ein Ding und du kriegst was hinter die Löffel, du Rotzlümmel!"

„Du hast mir gar nichts zu sagen, du bist ja nicht mein Vater. Ich hab nämlich nichts anderes zum Anziehen, damit du´s nur weißt!", rief der kleine Kerl voller Zorn und drehte sich zur Seite, um seine Tränen zu verbergen. Keine Kleidung in der richtigen Größe, war das überhaupt denkbar?

„Ich glaube, dass der Bursche nur zu faul ist, sich das Richtige rauszusuchen", meinte ich später zu Susanne und strich dabei behutsam über die Beule an meinem Schienbein. Meine Frau gab allerdings zu bedenken: „Vielleicht hat der Leo ja die Wahrheit gesagt, wer weiß. Frag doch mal die Heimleiterin."

Ihrem Rat folgend erfuhr ich von Donna Rosa, dass Leo tatsächlich nur Textilien in Übergröße von seinen ehemaligen Pflegeeltern mitbekommen hatte. Wohl wissend, dass ein Kind in diesem Alter ständig der Gefahr unkontrollierten Wachstums ausgesetzt ist, hatten sie in ökonomisch kluger Weitsicht die Kleidung des Jungen in extrem bequemen und luftigen Größen ausgewählt. Tja, da hatte ich voll ins Fettnäpfchen getreten! Aber anstatt es bei einer schlichten Entschuldigung zu belassen, schlug ich zur Wiedergutmachung einen gemeinsamen Einkaufsbummel mit Leo vor. Susanne war begeistert: „Das ist ja ´ne tolle Idee! Find ich super, dass du alleine mit dem Jungen losziehen willst."

Mir wurde mulmig. Ich ganz allein mit Leo?

Das war eigentlich nicht meine Absicht gewesen. Weil ich doch wirklich keinen blassen Schimmer hatte – von Kinderbekleidung und ähnlichem Kram. Erst recht nicht davon, wie man auf so einer Shopping-Tour mit einem fast zehnjährigen Jungen umgeht. Aber das wollte ich meiner Frau natürlich nicht auf die Nase binden, nachdem sie mich gerade erst gelobt hatte. Und außerdem: Was sollte denn bei so einem Einkaufsbummel schiefgehen? Das Kind würde ich schon schaukeln ... Bevor wir unser Unternehmen starteten, gab mir Donna Rosa noch etwas Geld und gute Wünsche mit. Eine Kinderheimkasse ist nun mal kein Geldspeicher. Deshalb plünderte Leo zusätzlich noch sein Sparschwein, und wir beiden, Susanne und ich, beschlossen, die möglichen Restbeträge zu übernehmen ...

Dann ging es los, mit der Straßenbahn in Richtung Herne-City. Zu Beginn unserer Fahrt studierte ich sorgfältig die Anweisungen des Fahrkartenautomaten, um ein entsprechendes Ticket zu lösen. Leo probierte begeistert alle Tastenfunktionen durch. Dann das Ganze von vorn und noch einmal. Und noch einmal. Und noch ...

„So, jetzt mal aus die Maus!"

Mit sanfter Gewalt zog ich den Bengel auf einen frei geworderen Sitzplatz. Leo war beleidigt, wir schwiegen uns an. Ich überlegte, wie lange dieser quirlige Junge das durchhalten würde. Mein Plan, zu Beginn unserer Tour durchs Spielzeugland zu bummeln, um Leo bei Laune zu halten, erschien mir ziemlich clever. War es aber nicht. Denn spätestens als ich seinen Wunsch nach einer Waffe ablehnte, schlug seine Stimmung um. Er ballte die Fäuste, zog die Stirn in Falten und protestierte lautstark.

„Ich kauf das von meinem Geld. Und mehr will ich auch gar nicht!"

Ich hatte wirklich keinen Bock auf solche Diskussionen und schenkte Leo das aktuelle Dagobert-Duck Sonderheft, um ihn zu besänftigen. Es funktionierte, gerade noch mal gutgegangen …

Dann wurde es ernst, *Schuhe* standen auf dem Programm. Ich hielt es für das Beste, unser Augenmerk auf robuste und preiswerte Ware zu richten. Für einen kleinen Jungen sind ganz andere Eigenschaften von Bedeutung: Teuer, cool, und vor allem „angesagt" sollten sie sein. Tja, die Modelle, die ich nun vorschlug, kamen gar nicht erst in die engere Auswahl. Zu breit, zu brav, zu billig. Schließlich kauften wir zwei Paar Schuhe, die bequem und teuer waren, vor allem aber „echt krass" aussahen, wie Leo meinte. Immerhin hatten wir damit unser erstes Etappenziel erreicht, Schuhe konnten wir von der Einkaufsliste streichen. Auf zum Kaufhaus, hinein in die Textilabteilung ...

Früher war so ein Hosenkauf eine ganz simple Angelegenheit: Die Jeans musste bequem sein, dunkelblau und in der Größe M. Das bekam ich auch ohne Beratung hin. Aber in diesem Kaufhaus, in der Abteilung für *Young Boys*, sah das Ganze deutlich komplizierter aus: Die Größen lauteten jetzt nicht mehr *eng, weit* oder *normal*, sondern *slim, regular, skinny, comfort* oder *loose fit*. Das Äußere, auch *Look* genannt, war nun nicht mehr „ordentlich" oder „verwaschen" sondern *dirty, used, new fashion* oder *stone washed*.

Und zur Verkäuferin sagte man keinesfalls so etwas Profanes, wie: „Ich such für mich eine neue Jeans.", sondern: „Ey, ich brauch `ne coole Stonewashed zum Chillen, aber im Baggy Style, und voll krass, ne."

Alternativ gab es noch die Stilarten „Boyfriend" und „Workwear" und wem es gefiel, der konnte sich noch eine „Low-Waist", den „Boot Cut" oder ein „Straight Leg" gönnen. Ich suchte vergeblich auf dem Wühltisch nach dem Anmeldeformular für einen adäquaten Englischkurs, fand es aber nicht. Trotzdem kam Leo – mithilfe eines entsprechend geschulten *Sales Assistant* – zu zwei neuen Hosen: Dirty Look, loose fit, im aktuellen Boyfriend-Style. Er sah sehr zufrieden aus ...

Wir machten uns auf den Weg in die Sportabteilung. Unser dritter Tagespunkt: Kauf eines Trainingsanzugs für meinen kleinen Begleiter. Im Eingangsbereich der Abteilung waren zwei Körbe mit Bällen aufgestellt, das Angebot der Woche. Leo schnappte sich einen Basketball und begann damit, ihn kräftig auf den Boden zu prellen: „Bomm, bomm, bomm!"

„Wieso müssen Männer vor jeden Stein, vor jede herrenlose Dose treten?", hatte Susanne mich einmal gefragt, und ich hatte versucht ihr zu erklären, warum Bälle und andere Flugobjekte so eine magische Anziehungskraft auf uns ausüben. Doch sie sah mich nur mit einer Mischung aus Unverständnis und Mitleid an, so als wäre ich irgendeiner unbekannten „Anderswelt" entsprungen.

Ja, wie gerne hätte ich jetzt mit meinem kleinen Freund einen dieser nagelneuen Fußbälle ausprobiert, die Sonderangebote umdribbelt, hin- und her gepasst, dem Verkäufer durch die Beine gespielt, den Ball vor die Ausstellungswand der neuesten Laufschuhmodelle gedonnert, den Abpraller volley verarbeitet und mit einer Steilvorlage ins Obergeschoss befördert! So aber, mit der Vernunft eines um Ordnung bemühten Erwachsenen, hörte ich mich nur sagen: „Leo, leg bitte den Ball weg, das stört."

„Kann ich Euch irgendwie behilflich sein?"

Die herbeigeeilte Verkäuferin lächelte uns an.

„Bomm, bomm, bomm!", machte Leos Ball.

95

„Ja, wir suchen einen Trainingsanzug … für, äh, meinen Jungen."

„Die Abteilung für Kids ist im ersten Obergeschoss, auf der rechten Seite, gleich vorn an der Rolltreppe."

Ich hatte die Fachverkäuferin nur mit Mühe verstehen können, weil der Basketball weiterhin sein sattes Geräusch machte.

„Bomm… bomm… bomm!"

„Leo, leg sofort diesen Ball weg!"

Tatsächlich folgte der Junge meiner Anweisung, legte das umstrittene Wurfobjekt in den Korb zurück und … tauschte es gegen einen Fußball.

„Bamm, bamm, bamm!"

„Wie gesagt, Rolltreppe … rechte Seite … im Obergeschoss!", rief mir die Verkäuferin zu.

Sie lächelte nicht mehr.

„Vielen Dank … für die Auskunft!", brüllte ich ebenso laut zurück.

„Bamm, bamm, bamm!"

„So, jetzt legst du ruckizucki den Ball zurück, sonst gibt´s aber so richtig Ärger!"

Nur widerwillig kam Leo meiner Anordnung nach, allerdings nicht ohne anzumerken: „Nie darf man Spaß haben." Da war er wieder: Benno der Spielverderber. Benno die Spaßbremse. Dabei besaß ich durchaus Humor, nur eben nicht jetzt. Alles zu seiner Zeit …

Kurz darauf standen wir im Obergeschoss, Leo hatte bereits verschiedene Trainingsanzüge anprobiert. Aus dem Sortiment der preisreduzierten Artikel. Da sollte uns doch irgendein Schnäppchen gelingen. Ich bin doch nicht so blöd und falle auf die Werbeversprechen sogenannter Markenhersteller rein. Bei der vierten Anprobe verhedderte sich Leo in der Jacke. Ein ungleicher Kampf, der mit einem satten, lang gezogenen Ton von reißenden Fasern endete.

„So ein Mist!", entfuhr es mir.

Und nach einer kurzen Schrecksekunde: „Stopp, Leo, nicht bewegen ..."

Der stellte fest: „Da ist was kaputtgegangen."

„Pst ... nicht so laut ...", flüsterte ich.

„Aber da ist was zerrissen."

„Okay, manchmal passiert so was Dummes eben. Es war ja keine Absicht. Wir behalten das erstmal für uns, ja? Ich helfe dir sofort da raus, du darfst dich aber nicht mehr bewegen, sonst wird es schlimmer."

„Kann ich Ihnen behilflich sein?"

Der junge Sportfachverkäufer kam in einem denkbar ungünstigen Moment.

„Das Modell scheint mir zu straff geschnitten, vielleicht solltest du was Größeres nehmen", wandte er sich Leo zu.

„Der ist ja auch schon kaputt, der Anzug!", posaunte der unser Geheimnis aus.

97

„Ja, tatsächlich. So was, da muss ich mal nach einer Alternative schauen. Na, wir werden für dich schon irgendwas Cooles finden ...“

Im Allgemeinen bin ich ja beim Einkaufen wie ein einsamer Wolf, sozusagen der Clint Eastwood des Kaufhauses. Ständig darum bemüht die plumpen Kontaktversuche sogenannter Fachverkäufer lässig abzuwehren. Und ganz unter uns gesagt: Die meisten ihrer Art sind doch wie Zecken – wenn sie sich erst einmal festgebissen haben, wird man sie nur mit Gewalt wieder los.

In diesem Fall war der junge Mann allerdings nicht nur ernsthaft bemüht, er hatte auch einen guten Draht zu Leo. Ja, und was ist entspannender als ein gut gelauntes Kind? Gemeinsam fummelten wir den Jungen aus der Jacke heraus, deren zerrissenes Innenfutter uns klagend vor die Füße fiel. „Tja, dieses Material ist nur bedingt empfehlenswert, du solltest vielleicht besser ein Modell aus dem Markensortiment anprobieren.“

Dann, zu mir gewandt: „Die bieten auch eine hervorragende Mikrofaserqualität mit erstklassiger Feuchtigkeitsregulierung.“

Wir wählten schließlich den hochwertigen Trainingsanzug eines bekannten Markenherstellers mit feuerroter Jacke und goldstreifenverzierter schwarzer Hose. Leo war begeistert. Nun warf ich selbst noch einen Blick auf die Sporthosen für *Young Running Men*. Hier sollte es doch

98

wohl was Passendes für einen flotten Endvierziger geben. Ich nahm drei Modelle der engeren Auswahl in die Hand und eilte mit ihnen zur Umkleidekabine, deren Tür aussah wie der Eingang zu einem Western-Saloon.

„Bleib bitte mal hier stehen und pass auf, dass mich niemand mit diesen Türchen umschubst, während ich gerade in der Unterhose auf einem Bein balanciere."

Leo sah mich verwundert an, nahm aber Haltung ein und bezog Posten neben der Kabine. Ich trat ein und wurde von den schwingenden Holzklappen direkt vor die Wand geworfen. Meine Hosenauswahl fiel zu Boden und die Preisschilder verhedderten sich ineinander. Mühevoll pfriemelte ich alles wieder auseinander und probierte dann auf allerkleinstem Raum meine Auswahl durch. Und ich musste feststellen: Diese Mode war für young, aber nicht für middle-old man geeignet. In Sachen Kleidung bin ich eher konservativ, hauteng oder extra weit kommen mir da nicht in die Tüte. Als ich die Kabine verließ, musste ich leider feststellen, dass mein kleiner Begleiter die unerwartete Chance zur Flucht ergriffen hatte. Verflixt noch mal! Wo hatte sich dieser Lausebengel bloß wieder versteckt? Benno, Ruhe bewahren ... hier geht doch niemand verloren. Ich sah mich gründlich um, doch von Leo keine Spur. Warum konnte dieses Kind nicht einmal das tun, was man ihm befohlen hatte? Wenn so ein kleiner Junge dann womöglich irgendeinen Unsinn anstellt, das fällt doch auf die Eltern zurück. Oder in diesem Fall ... auf mich. Wie jetzt zum Beispiel da hinten, wo gerade in diesem Moment ein Kind auf einem Tretroller durch die Sportschuhabteilung sauste. Ssssst. Einen Erziehungsberechtigten, der sich für ihn verantwortlich fühlte, den gab es hier wohl nicht ... oder einen Angestellten, der sich mutig vor den Roller warf, um dem sinnlosen Treiben ein Ende zu bereiten. Jetzt vernahm ich ein Getöse und Scheppern ... doch dem kleinen Teufel war es schnuppe, der raste weiter. Ssssst. Das Bürschchen hatte von Weitem besehen ungefähr Leos Alter. Erstaunlich, der trug sogar eine Regenjacke wie Leo. Nun umkurvte er haarscharf einen Wasserspender, puh, das war knapp! Hm, ein Junge etwa zehn alt, der aussah wie Leo und die gleiche Regenjacke trug?

„Mensch, Leo!"

Er bremste geräuschlos neben mir.

„Geiles Teil!", rief er anerkennend.

„Wer denn, wo denn?", fragte ich zurück und ließ meine Blicke schweifen.

„Na, hier, der Speedracer ...", er deutete auf den aluminiumglänzenden Roller.

„Bring das mal an seinen Platz zurück, dieses Dingsda."

„Das darf man hier aber, rumfahren und so ...", war Leos patziger Kommentar.

Ich schüttelte mit den Kopf und wies mit dem Finger in Richtung der „Move + Fun Area". Als der Junge zurückkehrte, nahm ich ihn an die Hand und beugte mich zu ihm hinunter.

„Du bleibst jetzt an meiner Seite und rührst hier nichts mehr an, kapiert?"

Leo grummelte, widersprach aber nicht. Fast schien es mir so, als ob er diese Momente genoss, wenn ich mir Sorgen um ihn machte. Letztendlich war nun alles viel teurer geworden, als erwartet – ich seufzte innerlich. Aber eigentlich hatte ich doch alles richtig gemacht, der Junge besaß jetzt vernünftiges Schuhwerk und bequeme Kleidung in passender Größe. Als die Geldscheine den Besitzer wechselten, strahlte Leo. Er war zufrieden, so viel war er uns also wert, das schien ihn zu beeindrucken. Ich selbst war überrascht davon, wie gut sich das anfühlte, den Jungen so entspannt zu erleben und dafür verantwortlich zu sein ...

Danach sehnten sich scheinbar auch Leos frühere Pflegeeltern. Denn, als wir aus der Stadt zurückkehrten, berichtete mir Donna Rosa, die Kinderheimleiterin, „ganz im Vertrauen, natürlich ...", dass seine Ex-Pflegeeltern *ihren* Jungen jetzt wieder nach Hause holen wollten.

„Die haben nämlich erfahren, dass Sie und Ihre Frau mit Leo gut auskommen, gemeinsam viel unternehmen und

Spaß dabei haben. Jetzt sind sie der Meinung, der Junge müsse geheilt sein, wovon auch immer."

Frau Frisch machte eine kurze dramaturgische Pause, ließ mir aber keine Zeit für Zwischenfragen, sondern fuhr – in fast heiterem Ton – fort: „Die haben aber nicht mit Leo gerechnet, der hat sie nämlich abblitzen lassen, einen heftigen Wutanfall bekommen und sie übel beschimpft." *Immerhin weiß er sich auszudrücken...*, dachte ich schadenfroh und verspürte eine gewisse Erleichterung.

„Wir haben Leo natürlich erklärt, dass es nicht in Ordnung ist, andere so heftig zu beleidigen. Aber ganz unter uns: Ich finde, dass man sein Verhalten verstehen kann. Schließlich hat er vergeblich darauf gewartet, dass er nach Hause zurückkehren darf, da ging es ihm wirklich nicht gut. Und jetzt, wo Monate vergangen sind und man ihn so allein gelassen hat, da soll er plötzlich heimkehren? Das kann doch nicht sein, dass man je nach Lust und Laune sein Kind bei uns abgibt und dann wieder mitnimmt, nee, so geht´s ja nicht!"

Donna Rosa erklärte mir, dass Leo gegen seinen Willen auf keinen Fall dorthin zurückmüsse, zumal das Jugendamt inzwischen die Vormundschaft übernommen hatte.

„Mit der Frau Schmidt dort stehe ich in ständigem Austausch. Daher weiß ich auch, dass sie sich grundsätzlich nach dem Wohl und den Wünschen des betroffenen Kindes richtet. Leos früheren Pflegeeltern haben also keine Chance, etwas gegen seinen Willen durchzusetzen, so viel steht fest."

Aus ihren Worten klang eine gewisse Genugtuung und ich, puh ..., ich musste mir eingestehen, dass auch ich erleichtert war. Und überrascht. Denn mir wurde klar: Dieser kleine Junge hatte an Bedeutung für mich gewonnen, viel mehr als ich gedacht hätte.

10.Kapitel

Prinzenrolle

Kraftvoll und leichtfüßig, wie ein durchtrainierter Athlet, so wäre ich gerne gelaufen. Stattdessen stampfte ich mit schweren Beinen vorwärts, ächzend wie eine alte Dampflok. Heftige Windböen trieben die trockene Asche wie kleine, tanzende Derwische über den Sportplatz. Auf meiner Haut hatte sich ein klebriges Gemisch aus rotem Staub und Schweiß gebildet.

„Eine ungewöhnliche Wetterlage ... mit einer warmen Luftströmung, direkt aus Nordafrika", so hatte es die Wetterfee im Fernsehen begeistert mit leuchtenden Augen verkündet. Verdammte Hitze! Runde um Runde rannte ich mühsam diesem kleinen Jungen hinterher. Und die drahtige Läuferin, die ich vorhin noch auf der Gegengeraden beobachtet hatte, war mir jetzt dicht auf den Fersen. So ein Mist, die lief viel schneller als ich! Nur eine Frage der Zeit, wann sie mich überholen und mühelos an mir vorbeiziehen würde. Eine dieser typischen Powerfrauen, die keine Rücksicht nehmen auf männliche Eitelkeiten ...

So ähnlich wie meine liebe Gemahlin, die – „nur mal so, zum Quatschen" – mit der Leiterin des Kinderheimes telefoniert hatte. Donna Rosa führte danach ein Gespräch mit Frau Schmidt vom Jugendamt. Die wiederum rief

Susanne an. Und das Ergebnis dieser Telefonkonferenz war: Leo durfte uns am Wochenende nicht nur besuchen, sondern auch bei uns übernachten. Ja, super! Irgendwie kam ich mir übergangen vor, aber wenn Susanne sich mal was in den Kopf gesetzt hatte, dann wurde es schwer für mich. Kein Einwand oder Argument zählte, es gab nichts, was sie von ihrem Plan abbringen konnte. Und wenn es mal hart auf hart kam, dann schreckte sie auch vor einer kleinen Erpressung nicht zurück .

Ich erinnere mich noch gut daran, wie ich ihr vor einigen Jahren einen Gutschein für einen gemeinsamen Tanzkurs geschenkt hatte. Als Überraschung zum Geburtstag, Susanne war total happy! Nun würde man meinen, das müsse der Beste aller Ehemänner sein, der sich so aufopfert für seine Ehefrau, und natürlich ist die ihm auf ewig dankbar dafür. Auf ewig ... bis zu diesem einen besonderen Tag. Dem *Tag des fiesen Foxtrotts* ...

Die Kunst des Standardtanzens besteht ja darin, kleine Schritte im Takt der Musik an die richtige Stelle zu setzen. Da sind Rhythmusgefühl und Koordination gefragt, tanzminderbegabte Männer wissen, wovon ich rede. An besagtem Tag also, während unserer sonntäglichen Tanzstunde, spürte ich das drohende Unheil heraufziehen ...

Vor – vor – Seitschluss, rück – rück – Seitschluss. *Wir hoppeln wie die Häschen*, dachte ich bei mir. Die Musik nervte, der Schuh drückte. Ich zögerte, war zu langsam, ich gab Gas und war zu schnell. Wieder nicht im Takt. Mein lieber Scholli, was für eine Qual! Doch dann, ganz plötzlich, hatte ich sie, die Eingebung: Dieses Foxtrott-Gehoppel war einfach nicht für mich geschaffen!

Also bremste ich meine Frau aus, mitten im „Rück – rück“, ohne den finalen Seitschluss abzuwarten und sagte zu ihr: „Suse, das hat keinen Zweck mehr, ich hasse diesen Tanz!“

Um dann, fast schon erleichtert, fortzufahren: „Komm Spatz, wir setzen uns hier an den Tisch, bestellen uns einen Drink und schauen den anderen einfach nur zu. Ab heute lassen wir den Foxtrott einfach aus.“

Susannes dunkelblaue Augen funkelten mich für einen Moment durchdringend an, dann erwiderte sie: „Wenn du keinen Foxtrott mehr mit mir tanzt, dann lasse ich mich scheiden.“

Wow, was für ein Satz – locker aus der Tanzhüfte abgefeuert! Ich atmete für einen Moment tief durch, um diesen Tiefschlag zu verdauen. Dann zog ich meine Frau an den Rand des Tanzparketts: „Was soll denn das Suse, so etwas darfst du doch nicht sagen …“

Susanne wurde blass und schwieg. Das hatte aber gesessen, das sah man ihr an. Selbst schuld, meine Liebe! Wir warten auf eine passende Lücke und tanzen weiter: Foxtrott. Okay, okay. Ich hätte sie natürlich auch eiskalt abservieren können mit den Worten: „Hey, schau mir noch einmal in die Augen, Kleines – jetzt bist du zu weit gegangen. Hasta la vista, Baby!" Aber, offen gesagt, sind diese Auseinandersetzungen so gar nicht mein Ding. Ich mag es viel lieber harmonisch, vor allem mit meiner Frau.

Auf dem Sportplatz überholte mich jetzt diese sportliche Power-Tussi, so wie ich es befürchtet hatte. Mit den Worten: „Toll, wie ihr Sohn läuft, so entspannt und leichtfüßig", zog sie locker an mir vorbei.

„Nee, ist klar …", ich rang mir den Hauch eines Lächelns ab, „ … der Apfel fällt nun mal nicht weit vom Stamm."

Sie winkte mir fröhlich zu und lief noch eine Weile neben Leo her, um mit ihm angeregt zu plaudern. Entspannt und leichtfüßig … so ein Geschwätz, als ob die Ahnung vom Laufen hätte. Wenn die wüsste, dass der Bursche nur für Bares lief, von wegen Motivation! Nur mit größter Mühe hatte ich es geschafft, dass Leo überhaupt ein Bein vor das andere setzte. Weil er einfach *nur so laufen* doof fand und der Meinung war, wenn schon rennen, dann müsste es im Wald sein, abseits der üblichen Wege. Von wegen Bürschchen! Ich seh dich doch an jeder zweiten Biegung anhalten, weil da im Gebüsch Kohlmeisen sitzen oder ein klopfender Buntspecht im Baum. Danach untersuchst du wahrscheinlich in aller Ruhe die vermoosten Stämme und Pilze am Wegesrand und dann, ja dann …

spurtest du plötzlich los, aber nur um ein weghuschendes Eichhörnchen zu verfolgen. Nee, so nicht, mein Freund!

Ein solides Lauftraining findet bei mir grundsätzlich auf dem Sportplatz statt. Ich habe ja nichts gegen die Blümchen, Bäume und Tiere im Wald, nur, eins ist klar: Ich bin weder Indiana Jones noch Crocodile Dundee. Kein Held des Dschungels, sondern nur ein Kind der Großstadt. Keiner dieser taffen Naturburschen, die in freier Wildbahn überleben könnten und das womöglich noch beglückend fänden. Nein, danke, so viel Natur muss ich wirklich nicht haben.

Das mit dem *Ausdauertraining* war eigentlich meine Idee gewesen. Ich hatte mir das so gedacht: Bevor der Junge fortwährend wie ein Flummi durch unsere Wohnung hüpfte und alles Mögliche durcheinanderbrachte, wäre es doch viel besser für ihn, mit mir am Nachmittag ein paar Runden um den Sportplatz zu drehen. Da sollte seine überschüssige Energie doch irgendwann verbraucht sein. Abends würde der Knabe todmüde ins Bett fallen, dann wäre Schicht im Schacht und Ruhe kehrte ein. Zum Glück hatte Susanne noch vor Kurzem etwas darüber gelesen, wie vorteilhaft sich sportliche Aktivitäten bei überaktiven, zappeligen Kindern auswirken sollten, und fand meine Idee gut. Wenn wir es nur nicht übertreiben würden mit dem sportlichen Ehrgeiz ...

Tja, leider war der bei Leo nicht so ausgeprägt, wie ich es mir gewünscht hätte. Für die grundsätzliche Teilnahme an meinem Laufprogramm musste ich ihm ein Eis versprechen, für jede Runde um den Sportplatz zehn Cent.

Als wir am Nachmittag heimkehrten, war ich todmüde und erschöpft, außerdem um einen großen Pinocchio-Eisbecher und zwölf Laufrunden zu zehn Cent ärmer. Der kleine Bursche aber war richtig gut drauf, von Müdigkeit keine Spur. Ich dagegen musste mich nach dem Duschen zur Erholung erst einmal auf mein blaues Kuschelsofa legen. Aus der Küche vernahm ich die Stimmen von Susanne und Leo, die „Mensch ärgere Dich nicht!" spielten. Leise Flüche und lautes Lachen. Ich duselte ein ...

„Huhu, Benno, du musst mal wach werden, wir haben gerade die Pizza bestellt."

Als wir kurz darauf den Tisch deckten, flüsterte meine Frau mir zu: „Der Leo mogelt beim Spielen, der will um jeden Preis gewinnen. Na, ich habe es heute einfach mal durchgehen lassen."

Typisch Suse, großzügig und nachsichtig. Ich hätte dem Lümmel schon aus Prinzip ... ach, auch egal, was sollte ich mich großartig über so eine Kleinigkeit aufregen.

Währenddessen saß unser Gast in der mit wohltemperiertem Wasser und Badeschaum gefüllten Wanne und ließ es sich gut gehen. Naschte von einem Teller mit

Schokolade und Chips, den ihm Susanne ins Bad gestellt hatte – gegen den ersten Hunger, wie sie sagte. Dabei las er eines seiner Comic-Hefte aus der umfangreichen Sammlung, die er am Morgen in zwei Beuteln angeschleppt hatte. Das weitere Gepäck des kleinen Prinzen bestand aus einer Tasche mit Klamotten und einem Plastikcontainer mit Spielzeug von Playmobil und Lego. Als Willkommenspräsent hatte ihm Suse – was ich etwas übertrieben fand – ein Löschflugzeug aus der neuesten Playmo-Kollektion geschenkt. War ein Tipp von Donna Rosa gewesen.

Nun blätterte Leo ganz entspannt in seinem Dagobert-Duck Heft, gönnte sich zwischenzeitlich etwas Schokolade, landete den Flieger auf dem Badewasser, fügte hin und wieder etwas von meinem „Aufbaushampoo für strapaziertes Haar" hinzu und wirbelte mit seinen Händen noch mehr Schaum auf ... Als ich ihn später beim Aufwischen des Badewassers fragte, wie es zu diesem Chaos kommen konnte, erklärte er mir ganz ernsthaft, dass er den Schaum als Nebel gebraucht hatte, für eine dramatische Bruchlandung der Löschmannschaft seines Flugzeugs und außerdem noch eine leere Shampooflasche als Wasserkanone. Ja, da hatte ich doch gleich Verständnis für das Kind, die kostspielige Verschwendung meines Haarshampoos und die Wasserpfützen in unserem Badezimmer!

„Ja, so sind sie eben, Kinder halt...", versuchte Susanne die Wogen zu glätten.

Kurz darauf saßen wir gemeinsam am Küchentisch und aßen die lauwarme Pizza. Sicher, wir hätten auch erst essen und danach wischen können, aber da habe ich meine Prinzipien! Nachdem ich mich wieder beruhigt hatte, wäre beinahe so etwas wie familiäre Gemütlichkeit aufgekommen, wenn – ja, wenn mich nicht Leos ungewöhnliche Essmanieren irritiert hätten. Kaum hatte er Platz genommen, wurde die Konsistenz seiner Pizza von ihm ausgiebig mit den Fingern geprüft, der Rand zerbröselt, der Belag heruntergezogen und in seine Einzelteile zerlegt. Das Ganze wurde dann neu zusammengemischt und quasi als Fingerfood verzehrt. Der kleine Nimmersatt aß auf diese unkonventionelle Art nicht nur seine Portion, sondern auch noch die Reste von Susannes vegetarischer Pizza. Trank dazu ein großes Glas Cola und zwei Becher Kakao. Als Nachtisch eine Riesenportion Tiramisu. Ich hatte so meine Bedenken hinsichtlich der Verträglichkeit, allerdings auch keine Ahnung, was Kinder in dem Alter so verputzen können.

„Ach, den darf man ruhig mal verwöhnen, das hat er sich verdient", beschwichtigte Susanne mich und meinen besorgten Blick.

Nach dem üppigen Mahl schlug ich vor, Leos Luftmatratze aufzublasen und seine Decke zu beziehen, damit alle vor dem Schlafengehen noch etwas lesen könnten. Leider döste die Westdeutsche Allgemeine immer noch vier Stockwerke tiefer in unserem Briefkasten vor sich hin. Die Leerung hatte ich in der allgemeinen Aufregung des ungewohnten Kinderbesuches vergessen. So ein Mist!

Na ja, vielleicht konnte ich dann wenigstens nachher das *Aktuelle Sportstudio* ... ?

„So, ich geh dann schon mal ins Badezimmer und du, Leo, hör mal zu: Wenn du den Benno ganz lieb fragst, liest er dir bestimmt noch eine Geschichte aus einem Donald Duck- Heft vor."

Leo strahlte, ich war verdutzt. Meine Herren, hatte man denn hier nie Feierabend? Ich seufzte und zog ein kühles Fiege-Bernstein aus dem Kühlschrank. Schwungvoll ließ ich den Bügelverschluss ploppen und nahm einen kräftigen Schluck aus der Pulle.

„Gut, aber nur eine kurze Geschichte ... und vorher machen wir beiden noch deine Luftmatratze fertig."

„Ach, Benno, ich hab mal das Sofa bezogen für unseren Jungen, ist doch viel gemütlicher."

Hä, wieso war der jetzt „unser Junge"? Und das Sofa bezogen - was hatte das zu bedeuten, welches Sofa meinte sie denn? Wir haben doch nur eins, mein Kuschelsofa. Mein blaues Kuschelsofa! Och nee, musste das denn sein!? Das habe ich nicht so gerne, wenn andere da draufliegen – und dann, bei dem, was der Bursche verdrückt hatte ... wenn ihm nun irgendwann schlecht wurde? Weil ich aber keine Lust auf Diskussionen hatte, gab ich nach. Und füllte mir stattdessen das kühle Bier in ein Glas. Mann, sah das lecker aus! Das hatte ich mir doch ehrlich verdient nach der wilden Rennerei um den Sportplatz ... und überhaupt. Warum sollte ich heute Abend darauf verzichten? Nur weil dieser kleine Junge mich so merkwürdig anstarrte? Ich stellte das Bier wieder zurück in den Kühlschrank, konnte ich ja später noch ...

Suse verschwand im Bad und ich durfte mich mit Leo beschäftigen. Mich neben ihn setzen auf mein Sofa, dessen königliches Blau einer bunten Bettwäsche mit Käpt'n-Blaubär-Muster gewichen war. Comics lesen zu zweit, ein tolles Abendprogramm.

„Donald, du bist und bleibst ein Taugenichts!"

Mit verstellter Stimme sprach ich als Dagobert Duck meinen Text. Daisy und Gustav Gans musste ich auch übernehmen. Leo las Tick, Trick und Track und Donald Duck. Alle anderen Rollen wurden abwechselnd verteilt, ein ziemlich anstrengendes Lesevergnügen. Leo aber hatte einen Heidenspaß, und ich selbst war überrascht, wie ansteckend die gute Laune eines fröhlichen Kindes sein konnte. Und obwohl Donna Rosa gemeint hatte, „Der Leo ist wirklich kein Kuschelkind, da darf man nicht zu viel erwarten", hatte der kleine Bursche überhaupt keine Berührungsängste und lehnte sich bei mir an.

War mir zwar ein bisschen unheimlich, soviel Nähe, aber das durfte ich wohl als Vertrauensvorschuss und Sympathiebeweis werten. Wahrscheinlich sehnte sich der Kleine nach so gemütlichen Abenden wie diesem. Und ich selbst fragte mich, ob ich ihn nicht auch ein bisschen in mein Herz geschlossen hatte? *Mensch, Benno, werde jetzt bloß nicht schwach! Das liegt doch nur an dieser gemütlichen Familienatmosphäre. Das bist du einfach nicht gewöhnt!*

Noch eine letzte Seite, ich blickte auf die Uhr: Erst kurz nach sieben, viel zu früh, um einen neunjährigen Jungen ins Bett zu schicken. Wir wollten ja nicht in aller Herrgottsfrühe von ihm geweckt werden. Also führte ich Leo meine altgediente, immer noch heiß geliebte Stereoanlage vor. Ja, so eine feine, wenig platzsparende Technik kennen die Kids von heute doch gar nicht mehr! Ich legte die Rolling Stones auf den Plattenteller und drehte die Lautstärke auf. Leo sah staunend zu, wie ich zappelnd durch das Zimmer taumelte.

„I see a red door and I want it painted black ..."
Mein Gesang im Duett mit Jagger schien ihn nicht besonders zu beeindrucken, sein Interesse galt vielmehr dem Plattenspieler und der sich drehenden „Big-CD", wie er die Langspielplatte nannte.

„Leo, bitte ganz vorsichtig, das ist sehr empfindlich. Dieses Livealbum von 1968 ist eine Rarität, das gibt es so gar nicht mehr zu kaufen."

„Wie hält man das denn an, diesen Kreisel?"

„I could not foresee, this thing happening to you …"

Ich zögerte einen Moment zu lange. Leo legte seine Hand auf die Platte, der Teller stoppte abrupt und der Tonarm samt Nadel rutschte einmal quer über das schwarz schimmernde Vinyl. **Krrrck!**

Da war es, das gefürchtete Geräusch aus meinen Jugendtagen, das früher tollpatschige oder betrunkene Partygäste verursachten, die gegen die Anlage stießen. Oder diese Wichtigtuer, die unbedingt die noch laufende Scheibe auf dem Plattenteller sofort wechseln mussten, um ihre eigene brandneue Hitsingle zu präsentieren.

Verflixt noch mal, meine gute Stones-LP!

Leo hüpfte schnell auf die Couch und verkroch sich unter der Decke. Ich bemühte mich Haltung zu bewahren, schließlich wollte ich mir vor Susanne keinesfalls eine Blöße geben. „Ist doch halb so schlimm", log ich den Jungen an, um ihn aus seiner Höhle hervorzulocken.

„Leo, sag mal, was hältst du davon, wenn wir beiden uns zusammen einen spannenden Film ansehen?"

Leo nickte zaghaft, ich wühlte kurz in meiner Sammlung und wählte einen Klassiker der deutschen Filmgeschichte aus: *Er kann´s nicht lassen* - mit Heinz Rühmann als Pater Brown in der Hauptrolle. Als es losging, fragte mich Leo, was ein Klassiker sei, warum man den „Hein Rürrmann" kennen sollte und wohin die Farbe verschwunden war. Trotzdem blickte er wie gebannt auf den Bildschirm. Doch schon nach einer knappen halben Stunde mussten wir die Vorstellung abbrechen. Leo hatte sich mehrfach die Hände vors Gesicht gehalten, weil in diesem Film alles viel zu gruselig war. Zuviel Schwarz-Weiß, zu viel Moor, zu viel Nebel! Dann noch dieser Typ mit der Maske und die Musik und und und … Na ja, der Kleine war wohl keine Krimis gewöhnt.

Susanne, die mich tadelnd angesehen hatte, suchte zum Ausgleich meiner nicht ganz kindgerechten Gruselge-schichte einen eher harmlosen Zeichentrickfilm heraus: „Flutschi und weg!" oder so ähnlich. Ein anspruchsvoller Titel, in der Tat. Na, mir sollte es recht sein, wenn die beiden ihren Spaß hatten. So kam ich doch noch zum Zeitung lesen.

Gegen halb zehn machten wir bei Leo das Licht aus und wünschten ihm eine gute Nacht. Langsam kam er zur Ruhe und irgendwann fielen ihm die Augen zu.

„Ist das nicht schön...", flüsterte Susanne, „...ein Kind ins Bett zu bringen. So eine friedliche Atmosphäre. Guck doch mal, wie lieb der aussieht."

Ich musste zugeben, sie hatte recht. Der Junge sah so entspannt und zufrieden aus, dass mir spontan das Wort „glücklich" in den Sinn kam. Im gleichen Moment wurde mir bewusst, dass sich diese Stimmung auf mich übertrug. Vielleicht war es ja das, was man von Kindern zurückbekam? Ein Stück vom Glück ... Mit diesem guten Gefühl kroch ich zufrieden, aber auch hundemüde, unter meine kuschelige Bettdecke. Eine erholsame und ungestörte Nachtruhe, die hatte ich mir doch redlich verdient!

11. Kapitel

Der Schlafräuber

„Ach, das war doch ein richtig schöner Tag. Ihr seid ja ganz prima miteinander…", Susannes Stimme war immer leiser geworden, bis sie sich schließlich im Reich meiner Träume aufgelöst hatte …

Stattdessen vernahm ich ein Zwitschern und Zirpen, das Knacken von Ästen, ein Heulen in der Ferne. Und alles was mich umgab - war grün. Moose und Schlingpflanzen, Bäume und dichtes Gestrüpp. Oh Mann, ich befand mich in einem dampfenden Urwald - dieses Szenario war so gar nicht nach meinem Geschmack!

Vor mir stapfte ein wieselflinker Troll, der uns mit seiner Machete den Weg freikämpfte. Schweiß tropfte von meiner Nase auf das dichte, mannshohe Farnkraut. Hektisch schlug ich nach den riesigen Moskitos und Libellen, die uns umschwirrten. Direkt hinter mir eine Frau, von athletischer Statur, ein Typ wie Lara Croft. Mit einer Flinte quer über dem Rücken und einem riesigen Buschmesser, das in ihrem Gürtel steckte. Im Gegensatz zu mir bewegte sie sich wie eine Katze lautlos durch das Unterholz. Dann war da noch der Anführer unseres Teams. Mister Mac Duck. Sah dieses kleine Kerlchen nicht aus wie eine Ente im Safari-Look? Blödsinn, wahrscheinlich war ich von den warmen Tropendämpfen benebelt worden oder auf einen giftigen Frosch getreten. Der kleine Troll stoppte und hob seine Hand. Hinter dieser Lichtung, da musste es sich sein: Das abgestürzte Löschflugzeug der Rolling Stones Company. Das mit der goldenen Pizza an Bord. In der Ferne hörte man das Brüllen eines Tigers und kreischende Affen. Direkt vor uns scheuchten wir ein paar bunte Tropenvögel auf, die davonflatterten. Davonflatterten. Flatterten …

0:07 Uhr

Das Flattern der Vögel weckte mich um kurz nach Mitternacht. Unsere Wellensittiche machten einen ziemlichen Radau in ihrem abgedeckten Käfig. Zuvor hatte ich im Halbschlaf ein schwaches Licht bemerkt, an – aus, an – aus. Eine Taschenlampe, vermutlich.

Wenn Sittiche sich nachts erschrecken und flattern, sind sie nur schwer wieder zu beruhigen. Sie geraten in Panik und sausen von einer Käfigseite zur anderen, so ähnlich wie die Kugeln in einem Flipperautomaten. Das dauert. Wenn sie sich später – nach langem Zureden in freundlich säuselndem Flüsterton – wieder beruhigen, ist man selbst meistens aufgedreht und hellwach. Vielleicht so eine Art Energieübertragung, wer weiß. Apropos Energie, da fiel mir das flackernde Licht wieder ein. Sehen wir doch mal nach, zum Beispiel bei unserem Gast im Wohnzimmer… Nun, Leo stellte sich schlafend, und ich hatte nicht die Nerven, Detektiv zu spielen. Nicht nachts um halb eins! Irgendwann, Wochen später, gestand er mir, dass er eigentlich nur mal kurz nachsehen wollte, ob Vögel im Sitzen schlafen. Lobenswerte Wissbegier eines Kindes, nur der Zeitpunkt war schlecht gewählt. Susanne war übrigens liegen geblieben. Stellte sich ebenso schlafend, wahrscheinlich.

1:15 Uhr

Das tat sie dann auch eine Stunde später, als mich ein kleines Gespenst fast zu Tode erschreckte.

„Benno...", jammerte es.

Huch, der kleine Geist schien mich zu kennen.

Und wieder heulte es: „Bennooo..."

Verdammtes Ungeheuer, verschwinde!

Eine kleine, kalte Hand legte sich um meinen Hals. Ich wollte um Hilfe schreien, doch meine Kehle war wie zugeschnürt, kein Laut drang aus meinem Mund.

„Benno, ... wach werden, bitte."

Ein höfliches Monster, wie ungewöhnlich.

„Ich kann nicht schlafen, ich hab so Bauchschmerzen."

Vor meinen Augen wanderten sie grinsend vorüber: das Eis, die Schokolade, die Chips, die Pizza und das Tiramisu. Ich quälte mich aus meinem Bett, schlurfte in die Küche und machte dem Jungen einen Kamillentee mit warmem Leitungswasser. Zusätzlich gab es tröstende Worte und Streicheleinheiten. Dann schleppte ich mich in mein Nachtlager zurück.

4:37 Uhr

Da murmelte jemand im Schlaf. Susanne war es nicht, und ich schlief ja nicht mehr. Aus Leos Gebrabbel wurde ein lauteres Rufen: „Hilfe, nein, nein ... lass mich du verdammter ... !"

Pater Brown ließ grüßen. Mit der Taschenlampe in der Hand wankte ich in sein Zimmer. Leo hockte aufrecht sitzend in seinem Bett, wackelte mit seinem Kopf und murmelte vor sich hin. Na, da hatte ich – trotz der neuerlichen Unterbrechung meiner Nachtruhe – sogar Mitleid mit dem Bürschchen.

„Hey, was ist los, hast du schlecht geträumt?"

Leo reagierte nicht. Ich strich über sein Haar, es war nass geschwitzt.

„Dein Hemd ist ganz feucht, wir wechseln das mal lieber.", flüsterte ich, doch der kleine Kerl war schon wieder eingeschlafen. Und lag nun wie ein Sack Kartoffeln in meinen Armen. Den Kleiderwechsel konnte ich vergessen. Die Alternative lautete: Streicheleinheiten. Gar nicht so einfach, wenn man selbst todmüde ist. Doch schon bald schnarchte der Junge friedlich vor sich hin, schlief wieder tief und fest. Ich gähnte, höchste Zeit in mein eigenes Bett zurückzukehren. Mit abgeblendetem Licht leuchtete ich ihn noch einmal kurz an. Ein liebenswertes Kerlchen eigentlich, nur etwas anstrengend ..., mit die-

122

sem Gedanken machte ich mich schlurfenden Schrittes auf den Rückweg.

6:26 Uhr

Im Halbschlaf bemerkte ich einen Lichtschimmer in unserem Flur. Ein kleines Hämmerchen begann, noch zaghaft erst, dann immer heftiger gegen meine Schädeldecke zu klopfen.

„Mensch, Susanne, jetzt bist du mal an der Reihe!"
Ich versuchte, meine Frau wachzurütteln. Keine Chance, nichts zu machen, ihr Bett war leer. Jetzt ging das Licht im Flur wieder aus. Meine Frau schlich zurück in ihre Koje. Hatte nur ihr frühmorgendliches Geschäft erledigt. Wir schliefen wieder ein.

8:19 Uhr

Ich schreckte aus dem Schlaf hoch, von einem scheußlichen Piepton geweckt! Unser Wecker war das nicht. Aber woher kam das Geräusch? Die Wellensittiche flatterten zwar, sie piepten aber nicht.

Susanne zerrte energisch an meinem Schlafanzug und rief: „Benno, mach was, das ist ja furchtbar! Ist das der Feuermelder?" Bingo, das war´s - unser Rauchmelder!
Wir sprangen aus den Betten. Doch weder im Flur noch in der Küche war Qualm zu sehen. Ich kletterte mit weichen Knien auf einen Stuhl und stellte den Rauchmelder ab. Im Wohnzimmer lag Leo auf meinem blauen Sofa,

123

gemütlich in eine Decke gehüllt und las in aller Ruhe ein Micky-Maus-Heft. Die Tür zum Balkon stand weit offen.

„Hm, Leo, sag mal, du weißt nicht zufällig, warum es hier so verbrannt riecht?", fragte Susanne betont freundlich, so wie man es nur mit einer pädagogischen Ausbildung hinbekommt. Der Junge sah kurz von seinem Heft auf.

„Nee, weiß ich nicht. Wa ... war ich auch nicht."

„Was warst du denn nicht?", bohrte Suse nach.

„Das mit dem Feuer ... das war ich nicht."

Jetzt wurde es mir zu dumm.

„Willst du uns für blöd verkaufen, Freundchen? Wir haben uns fast zu Tode erschreckt. Ich möchte jetzt wissen, was du angestellt hast!"

Leo guckte trotzig in sein Heft und schwieg. Ich hatte Kopfschmerzen, zu wenig geschlafen und noch keinen Kaffee getrunken. So fühlt sich bestimmt *Philip Marlowe* am frühen Morgen, dachte ich mir, wenn er an seine Arbeit geht ...

„Klarer Fall von Brandstiftung!", murmelte der Detektiv verschlafen und goss sich einen Bourbon ein. Die Eiswürfel im Glas klirrten. Marlowe gähnte.

„Der Kleinwüchsige ist es gewesen ...", sagte er sich, „... das hab ich im Gefühl."

Sein Blick schweifte durch den Raum. Alles sah gewöhnlich aus. Stühle, ein Sofa, ein Tisch und Schränke - gefüllt mit Krimskrams. Alte Fotos und Bilder an den

124

Wänden. Dann fiel ihm eine Glasschüssel ins Auge. Gefüllt mit Wasser, Sand, Steinen und Muscheln. Gesammelte Urlaubserinnerungen. Doch das, was da auf der Wasseroberfläche schwamm, gehörte sicher nicht dazu. Verbrannte Papierreste. Das war es also! Jemand hatte versucht, die Beweise zu vernichten.

„Den kleinen Ganoven werde ich durch die Mangel drehen.", raunte Marlowe der verschlafenen Braut im Pyjama zu, deren Appartement soeben in Flammen aufgegangen war.

„Oh Gott, nein, bitte nicht, keine Gewalt, der Kleinwüchsige ist doch fast noch ein Kind!", bettelte die Rothaarige.

„Bitte, Mister, ich werde das für Sie erledigen, aber auf meine Weise. Er wird reden, das verspreche ich Ihnen."

In ihren Augen schwamm Mitleid. Tiefdunkelblau, wie ein See - dachte er - darin könnte man ertrinken. Marlowe wusste nicht wieso, aber er vertraute ihr. So verlottert, wie sie dastand, als wäre sie gerade eben aus dem Bett gefallen. Irgendwie hatte er das Gefühl, als würden sie sich schon ewig kennen. Er blickte direkt in ihre großen, traurigen Augen, und da wurde es ihm klar: Diese Frau war ehrlich, durch und durch! Ein winziger, aber wohltuender Lichtblick in dieser verkommenen Stadt ...

Während ich den Kaffee aufbrühte, redete Susanne mit Leo, um den Vorfall aufzuklären. Sie meinte, ich wäre zu aufgebracht für ein vernünftiges Gespräch. Von wegen

Lautstärke, Tonfall und so. Gut, sollte es Frau Weber doch auf ihre Art versuchen. Dann eben auf die pädagogische Tour. Ja, ich hatte den Jungen angeschrien, na und? Nach den Ereignissen dieser Nacht war es doch kein Wunder, dass ich etwas dünnhäutig reagierte. Doch Susanne brachte den kleinen Brandstifter tatsächlich zum Reden ...

Der Bengel hatte aus frühmorgendlicher Langeweile beschlossen, sein neues Löschflugzeug auszuprobieren. Also nahm er sich eine Seite aus der Tageszeitung, knubbelte sie zusammen, legte das Papier auf einen Teller und zündete es an. Dann ging alles blitzschnell, das Papier verbrannte in Nullkommanichts, Funken und Asche flogen umher, und Leo stellte mit Entsetzen fest, dass die Wassertanks seines Fliegers gar kein Wasser abwerfen konnten! Nun versuchte er panisch, die glimmenden Papierfetzen in die Ostseeurlaubs-Deko zu befördern. Doch die einsetzende Rauchentwicklung hatte er völlig unterschätzt. Noch während er sich abmühte, das kleine Feuer zu löschen, ging der Alarm los! Ich hatte so eine Ahnung, dass ein Löschversuch mit seinem Flugzeug vielleicht noch mehr Unheil angerichtet hätte und dankte im Stillen der Firma Playmobil für die Entwicklung dieser Mogelpackung ohne echte Funktion. Nachdem ihm Susanne eine ordentliche Gardinenpredigt gehalten hatte, saß Leo schmollend mit uns am Frühstückstisch. Die Atmosphäre war angespannt. Bis meine Tasse umfiel, der Café au lait den knusprigen Frühstückstoast ertränkte und Leo in schallendes Gelächter ausbrach.

„Hör mal zu, du Rotzlümmel!", begann ich erbost, doch Suse schüttelte den Kopf und legte einen Finger auf den Mund. Aha, ich sollte also schweigen. Wieder mal Rücksicht nehmen. Dachte hier denn keiner an mein strapaziertes Nervenkostüm?

„Leo, dein Lachen ist jetzt völlig fehl am Platz. Du nimmst jetzt dieses Tuch und hilfst dem Benno beim Aufwischen. Du hast immerhin einiges gut zu machen."

Wie Susanne in so einem Moment die richtigen Worte fand, alle Achtung! Unser Frühstück endete dann wortlos, aber friedlich. Zum Mittag sollte Leo wieder ins Kinderheim zurückkehren. Für einen Moment dachte ich *Gott sei Dank*, aber es war wirklich nur für einen kurzen Moment. Ich wünschte mir einfach etwas mehr Ruhe und ein wenig Schlaf nach dieser nächtlichen Berg- und Talfahrt. War ja auch ziemlich anstrengend, sich um so ein aufgewecktes Kind zu kümmern. Die notwendige Zeit und Geduld dafür aufzubringen. Mein Respekt galt all den Eltern, die Ähnliches durchmachten wie ich. Nur eben viel öfter. Ich dagegen traf Leo nur am Wochenende, was den Vorteil hatte, dass ich mich dann sogar auf unser Wiedersehen freuen konnte. Hatte mich wohl an das quirlige Kerlchen gewöhnt, irgendwie. Und Susanne?

127

Die hatte sowieso ihr Herz an den Jungen verloren, das war doch offensichtlich. Jedes Mal, wenn wir drei losfuhren, ins Grüne oder sonst wohin, sang sie gemeinsam mit Leo die Oldies und aktuellen Hits mit, die im Radio liefen. War fast so was wie ein Ritual geworden. Schräg, aber schön. Auf dem Rückweg war die Stimmung dann eher bedrückt. Bei der Verabschiedung im Kinderheim vergewisserte sich Leo immer, dass wir wiederkommen würden und das möglichst schnell.

Dieses Mal lud uns Donna Rosa noch auf einen Kaffee ein. Während sie mit Susanne plauderte, spürte ich, wie das rote Sofa damit begann, mich langsam zu verschlingen. Ich wollte mich dagegen wehren, doch säuselnd flüsterte es mir zu: „Schließ die Augen, Benno, lass dich einfach fallen ..."

Die Stimmen der beiden Frauen wurden leiser.

„Nun wo der Junge ... nicht mehr in seine alte Familie ... ist natürlich die Frage ...", hörte ich die Heimleiterin wie hinter einem Vorhang aus Watte murmeln. Mein Kopf fiel vornüber, ich zuckte zusammen und schreckte hoch. War das etwa wichtig, was da besprochen wurde? Ich musste mich unbedingt wach halten!

„ ... dann gäbe es für ihn auch noch die Möglichkeit in einer betreuten Jugendgruppe zu leben. Aber Leo hat sich dagegen entschieden. Also suchen wir jetzt nach neuen Eltern, falls möglich aus der näheren Umgebung."

Aha, neue Eltern für Leo gesucht ... und wenn man sie fand, gab es für uns wieder freie Wochenenden. Komisch, dass ich mich nicht so richtig freuen konnte.

Auf der Rückfahrt ließ die Wirkung des Kaffees nach und fast wäre ich im Autositz eingenickt. Bis der Wagen plötzlich stehen blieb. Durch die halbgeschlossenen Augenlider sah ich das leuchtende Rot einer Ampel. Dann hörte ich eine vertraute Stimme, die zu mir sagte: „Schade, als Pflegeeltern sind wir wahrscheinlich viel zu alt für den Jungen ..."

War das nun eine Feststellung oder ein Gesprächsimpuls? Ich versuchte, gegen meine Müdigkeit anzukämpfen. Im Gegensatz zu Männern sagen Frauen solche Dinge nicht einfach so, sondern erwarten Anteilnahme, oder besser noch – eine Antwort.

„Ja, wirklich schade, aber wir sind bestimmt zu alt dafür", hörte ich mich sagen und war im gleichen Moment überrascht, wie überzeugend das klang.

Hatte ich mich verstellt, oder war das so gemeint, wie ich es gesagt hatte? Obwohl ... meiner Meinung nach waren nicht wir, sondern Leo zu alt. Natürlich hatten wir vor Jahren auch über das Thema Adoption nachgedacht, aber dabei immer ein kleineres Kind vor Augen gehabt. Weil man sich in dem Fall deutlich mehr Einfluss und eine

129

größere Bindung erhoffte. Irgendwann aber hatten wir diese Angelegenheit ad acta gelegt und unsere Kinderlosigkeit akzeptiert. Was wäre aber, wenn es nun doch möglich war: einen fast zehnjährigen Jungen genauso gern zu haben wie das eigene Kind? Nun, das war eine rein hypothetische Frage, niemand von uns dachte ernsthaft darüber nach ...

„Sind wir überhaupt zu alt? Vielleicht sollten wir uns noch einmal genauer erkundigen?"

Huch! Da lag mir jetzt aber ein Quäntchen zu viel Hoffnung in Susannes Stimme. Das klang beunruhigend. Bislang hatte ich es erfolgreich vermeiden können, mich mit diesem Thema auseinanderzusetzen. So wie es bis jetzt gelaufen war, schien doch alles in Butter zu sein. Warum also sollten wir den Status Quo verändern?

„Das könnte man machen, Susanne ... aber mal abgesehen von unserem Alter, denke ich mal, dass unsere Wohnung viel zu klein ist für drei Personen."

Benno, du bist ein Fuchs! Gar kein übler Schachzug von dir, so spontan, erstaunlich ...

„Man könnte meinen Arbeitsbereich ins Wohnzimmer verlegen, dann hätten wir den nötigen Platz."

„Grün!", warf ich dazwischen.

„Ja, grün wie die Hoffnung, so könnte das Zimmer aussehen, oder ganz warm, in einem kräftigen Sonnengelb."

„Nein, grün, Suse, grün! Die Ampel ist grün!"

130

Hinter uns dröhnte eine Hupe, Susanne gab Gas ...

Zu Hause angekommen, versuchte ich Susanne zur Vernunft zu bringen. Damit sie sich keine Illusionen machte.
„Ach, Suse, das würde hier bei uns doch viel zu eng für einen zehnjährigen Jungen, zumal der früher in einem Haus mit Garten gelebt hat. Ja, und wenn wir mal ehrlich sind – bei allem Elan und gutem Willen – wir wären auch etwas zu alt dafür. Uns würde man als Bewerber für eine Elternschaft bestimmt ablehnen. Wir müssen dieser Tatsache einfach ins Auge sehen und Leo das nötige Glück wünschen für ein neues Zuhause und gute Pflegeeltern."
Mein Gott, Benno, was für eine vernünftige und zugleich feinfühlige Ansprache!
„Wahrscheinlich hast du recht. Aber wenn ich mir vorstelle, dass wir uns irgendwann von Leo verabschieden müssen ... da könnte ich jetzt schon heulen!"
Ich nahm Susanne in den Arm. Sie hatte ja recht, dieser Abschied würde ein trauriger Moment werden. Aber es war auch Leos Chance für einen Neuanfang. Das musste man akzeptieren. Und so eine Trennung ist doch kein Beinbruch, da gibt es Schlimmeres. Wir würden darüber hinwegkommen. So sicher wie das Amen in der Kirche. So sicher wie der Frosch in meinem Hals, der sich soeben dort eingenistet hatte. Verdammte Hausstauballergie. Trockener Hals und tränende Augen, ganz plötzlich ...

12.Kapitel

Herr der Drachen

Unser Ausflugsziel am nächsten Wochenende war das „Drachenfest" in Gelsenkirchen-Bismarck. Keine chinesische Folklorefeier, sondern eine Flugdrachenshow, die auf dem Gelände einer ehemaligen Zeche stattfinden sollte. Weil die A 43 auf ihren üblichen Stau verzichtet hatte, erreichten wir das Kinderheim viel früher als geplant. Leo war noch nicht startklar, also nutzten wir die Gelegenheit zu einem Schwätzchen mit Donna Rosa. Dabei erfuhren wir, dass es offensichtlich kein leichtes Unterfangen war, für Leo neue Pflegeeltern zu finden.

„Grundsätzlich sind *kleine* Kinder viel besser vermittelbar. Und seine Vorgeschichte macht es für Leo auch nicht leichter. Jetzt müssen wir die Suche ausweiten und uns auch außerhalb des Ruhrgebiets umzusehen."
Susanne blickte besorgt.
„Na ja, er wird es überleben...", versuchte ich sie zu beruhigen, „ ... Kinder finden sich doch überall zurecht."
„Dem Leo wird das nicht so leichtfallen ...", wandte die Heimleiterin ein, „ ... er hängt doch sehr an seiner gewohnten Umgebung. Immerhin wurde er schon zum zweiten Mal gezwungen seine Familie und alles, was ihm wichtig war, aufzugeben. Er braucht endlich ein stabiles Umfeld, das ihm Ruhe und Geborgenheit vermittelt."

Für einen Moment herrschte Schweigen. Doch Zeit zum Trübsal blasen blieb uns nicht, denn nun kam Leo ins Büro gehüpft, in seiner gewohnt aufgeregten und fröhlichen Art. Dieser Junge wollte unbedingt los, auf zum Drachenfest!

Das Gelände der früheren Zeche Consol ist ein eindrucksvolles Beispiel für die Verwandlung des ehemals kohlestaubdüsteren Ruhrgebiets: Es wirkt weder baufällig, noch von Ruß bedeckt, sondern bedeutsam und von grüner Natur umgeben. Über der großen Wiese vor dem alten Förderturm schwebten an diesem Tag fantasievolle Flugdrachen in prächtigen Farben und Formen. Wir setzten uns auf ein Mäuerchen, packten Kakao und Kekse aus und bestaunten die wundersamen Farbkleckse am wolkenlosen Himmel. Leo wirkte still und andächtig. Der Junge besaß also durchaus ruhige Momente, in denen er die schönen Dinge zu genießen wusste. Eine sympathische Eigenschaft, wie ich fand.

Doch irgendwann mussten wir uns losreißen, denn wir hatten Leo für den Kinderkurs im *Drachenbauen* angemeldet. Dieser fand in einem großen Zelt mit Stühlen und Holztischen statt, wo ein wildes Durcheinander herrschte. Unser erstes Kunststück bestand nun darin, einen Sitzplatz zu ergattern. Dann dauerte es noch eine Weile, bis eine junge Frau in Latzhose an unserem Tisch auftauchte. Mit einer kurzen Kopfbewegung warf sie ihre

Haare zurück und wischte sich – wenig damenhaft – den Schweiß von der Stirn.

„Sie sehen ja selbst, was hier los ist, mit so viel Andrang haben wir nicht gerechnet. Deshalb helfen wir jetzt vor allem den Kindern, deren Eltern sich mit dem Drachenbau besonders schwer tun. Für fünf Euro können Sie sich aber auch selbst Material zusammenstellen und sich ohne unsere Hilfe einen Drachen zusammenschustern.“

„Kein Problem, junge Frau, das kriegen wir locker hin. Ich bin sozusagen ein Experte auf dem Gebiet“, prahlte ich und setzte ein lässiges Grinsen obendrauf.

Gesagt, getan ... aber wie war das noch? Was benötigte man für so einen Flugdrachen? Holz, Papier, Kleber, Kordel, Nägel, einen Hammer? Ich war mir nicht sicher. Während ich gedanklich noch mit der vorbereitenden Planung beschäftigt war, wollte Susanne sofort loslegen. Als Grundschullehrerin war sie natürlich das Basteln mit Kindern gewöhnt. Aber so einen coolen Flugdrachen zu bauen, das ist doch was ganz anderes. Und vor allem ist es eins: Männersache!

„Setz dich doch nach draußen, Suse, und erhol dich ein bisschen. Bei dem tollen Wetter! Wir Jungs bekommen das auch alleine hin.“

Susanne zögerte, aber der Lärm und die Unruhe bewirkten wohl, dass sie meinem Ratschlag folgte. Ich dagegen blieb mit Leo im Zelt, entrichtete meinen Obolus und

135

organisierte für uns Material und Werkzeug. Eine Linkshänderschere für Leo war aber nirgends zu finden.

„So was haben wir hier nicht.", meinte der Kursleiter, ein junger Bursche im Schlabberpulli.

„Und die anderen Scheren werden auch schon knapp, heute Morgen waren es noch zwölf Stück, jetzt sind es nur noch sieben", klagte er uns sein Leid.

Wir staunten nicht schlecht: Scherenklau im Drachenbau! Nun improvisierten wir, so gut es ging. Das ging auch eine Weile gut, bis ich schließlich feststellen musste: Die dünnen Holzlatten waren von mir nicht am optimalen Punkt zusammengenagelt worden. Vorsichtig versuchte ich, die Leisten wieder voneinander zu lösen, doch sie weigerten sich. Ich fluchte, zog und zerrte, dann machte es „Knacks", und wir hatten den Salat! Genauer gesagt: Brennholz. Ich zahlte erneut die geforderte Materialkostenabgabe, einen Rabatt wollte man mir nicht zugestehen. Allerdings empfahl man uns, statt Hammer und Nagel den umweltfreundlichen Zweikomponentenkleber zu nutzen.

Achtung, Klappe! Szene „Drachenbau", die Zweite …

„Vorsicht mit der Klebe, Leo. Nur leicht drücken."

„Ja, weiß ich selber!"

Die Tube machte ein schmatzendes Geräusch.

„Oh shit, Leo, das war zu viel!"

Böse Blicke waren die Antwort. Das war jedoch das kleinere Übel, denn nun begann alles, miteinander zu verkleben. Das Drachenpapier am Tisch, Leos Ärmel am Stuhl und das Holzkreuz an der Kordel. Meine Hände klebten auch, das Tempotuch zum Abwischen heftete sich fröhlich an meine Finger. Und nirgendwo ein Waschbecken, Seife oder Wasser in Sicht! Zum Glück tummelten sich noch ein paar alte Erfrischungstücher in meinem Rucksack, die ich mit spitzen Fingern hervorkramte. Wir gaben nicht auf. Wäre doch gelacht! Zähneknirschend bezahlte ich fünf Euro, ein Preisnachlass wurde humorlos abgelehnt. Wir gingen konzentriert ans Werk, hämmerten, sägten, schnitten, klebten, schnürten und schwitzten. So entstand Stück für Stück, ein kleines Meisterwerk zeitgenössischer Drachenbaukunst.

„Wow, der ist doch super geworden, was Leo?"

„Boah, ist der cool ..."

Leos Augen strahlten. Dann wollte er los, um seinen Drachen steigen zu lassen.

„Stopp! Guck mal, wie das hier aussieht. Bevor wir loslegen, räumen wir noch kurz auf. Leg den Drachen doch solange auf den freien Stuhl da vorne."

Wir schoben in Windeseile das Werkzeug zusammen und trennten das noch brauchbare Material vom Müll.

„Hatt du auch Tachen gebaut?"

137

Das Stimmchen gehörte einem blond gelockten Dreikä-
sehoch, der uns interessiert zuschaute.

„Also, eigentlich heißt das nicht Tachen, sondern Drachen. Ob wir einen gebaut haben? Ja, na klar, wir haben
sogar einen besonders tollen Drachen gebastelt."

„Wo is dein Tache denn ...?"

„Unser Drache ist da, da auf dem Stuhl ... oh, Gott, nein
... du sitzt drauf! Das darf doch nicht wahr sein!"

„Neeeiiin!", schrie Leo entsetzt und zerrte den kleinen
Übeltäter vom Stuhl hoch. Zu spät! Da war nichts mehr
zu machen. Anstelle eines strahlenden Fliegers nur noch
traurige Trümmerlandschaft. Die Chance, noch hand-
greiflicher zu werden, bekam Leo nicht mehr. Denn unser
kleiner Drachentöter heulte sofort los wie eine Feuer-
wehrsirene und alarmierte damit sein Muttertier, welches
sich mit drohender Gebärde energisch zwischen uns
schob. Verdammt noch mal, wo war diese Glucke denn,
als ihr Küken unseren Traumdrachen zu Kleinholz verar-
beitete!? Warum durften solche Winzlinge hier überhaupt mitmachen, Drachenbau ist doch eine ernste Angelegenheit und keine Sesamstraße!

Nur widerwillig sitzen sie da, diese kleinen Hosenscheißer, und sehen ihren Eltern zu, die sich vergeblich abmü-
hen: „Guck mal, Marie, das ist eine Schere. Und jetzt,
Marie, pass bitte auf ... jetzt schneide ich damit Papier.

Siehst du, ganz vorsichtig ... Marie, sieh mal her. Du sollst hersehen, hab ich gesagt! Marie lass das bitte liegen ..."

Unsere Stimmung hatte einen neuen Tiefpunkt erreicht. Sehnsüchtig blickte ich zum Nachbarzelt hinüber ...

Dort standen sie, die handwerklich weniger Begabten, und wühlten nach Herzenslust in einem übersichtlich angeordneten Sortiment fabrikneuer Flieger mit absoluter Fluggarantie. Entnervt schlug ich Leo vor, unauffällig ins Nachbarzelt hinüberzuschleichen, um bei „Dragon and More" einen fertigen Drachen zu kaufen. Vorzugsweise ein schlichtes Modell, das wie selbst gebastelt aussehen sollte. Ich bezahlte keine fünf Goldtaler mehr, hurra! Stattdessen neunundzwanzig Euro neunzig.

„Du hast gesagt, ich soll nicht lügen."

Der Junge sah mich stirnrunzelnd an.

„Ja, sicher, Leo. Aber das war neulich, als du mit dem Feuer gespielt hast. Das hier ist doch was ganz anderes. Wir lügen ja nicht, wir mogeln nur ein bisschen."

„Uii ... der ist aber toll geworden, den könntet ihr glatt verkaufen."

Staunend drehte Susanne den Drachen hin und her, bis ich ihn zurückforderte. Das reichte, eine genauere Expertise war nicht erwünscht.

„Komm, Leo, los geht´s, auf zur Wiese und ab in die Wolken!"

139

Ganz so einfach wurde es leider nicht. Auf der Wiese tummelten sich bereits zahlreiche Drachenbändiger, die in einem wilden Durcheinander bemüht waren, ihre Flugobjekte an den Himmel zu bringen. Als der Erfahrenste im Team wollte ich natürlich den Jungfernflug starten, doch man überstimmte mich. So ein Mist!

„Na gut ...", brummelte ich und wünschte Leo insgeheim zu wenig Wind. Doch der Junge war ungewöhnlich clever und präsentierte uns schon bald stolz seinen grünen Flieger am blauen Himmel: „Ist der cool, guckt doch mal, wie der fliegt!"

„Ja, der ist wirklich toll, dein Drachen."

Das hatte ich ehrlich gemeint, denn Leos Begeisterung imponierte mir. Abgesehen davon, bestätigte es meine Ansicht, dass für Kinder auch außerhalb diverser Cyberwelten Spannung und Spaß möglich waren. So wie hier beim Drachenfest.

„Leo, mehr Leine lassen und laufen. Nein, nicht in diese Richtung, nach rechts, du musst rechts ausweichen!"

Zu spät! Zusammenprall, Absturz, Kordelsalat. Leo begann die Schnur zu entwirren, was bekanntermaßen eine mühselige und langwierige Angelegenheit ist.

„Benno, hilf dem Jungen doch mal."

„Ist ja schon gut.", knurrte ich, weil ich den Drachen lieber selbst gestartet hätte. Der schwebte aber schon bald wieder friedlich am Himmel.

Als wir zum Aufbruch rüsteten, schmollte Leo. Von unseren gemeinsamen Ausflügen konnte er nie genug bekommen, was ich gut nachempfinden konnte. Denn an den Wochenenden waren wir fast eine *richtige* Familie. Eine Familie mit überwiegend guten Momenten. So sollte es auch bleiben, dachte ich mir und vermied es darüber nachzudenken, was wäre wenn ... wenn sich zum Beispiel neue Pflegeeltern für Leo melden würden. Könnte ich das so einfach akzeptieren, den kleinen Jungen nicht mehr zu sehen, sein lautes Lachen nicht mehr zu hören? Doch darüber wollte ich mir nicht den Kopf zerbrechen, zumindest jetzt nicht ...

Wir beendeten das Fest so, wie wir es begonnen hatten: Auf dem Mäuerchen sitzend sahen wir den Drachen zu, wie sie im Wind flatterten, aufstiegen und wieder hinabsegelten. Und vielleicht flogen wir in diesem Moment alle ein bisschen mit hinauf in die Wolken, ganz schwerelos und sorgenfrei.

13. Kapitel

Nobel am Abend

Nachdem wir ins Kinderheim zurückgekehrt waren und uns von Leo verabschiedet hatten, winkte uns die Heimleiterin in ihr Büro.

„Es hat sich eine junge Familie gemeldet, die Leo kennenlernen möchte. Ein Ehepaar aus Bergkamen, mit einem Sohn, der knapp ein Jahr älter ist als er. Sie wollen Leo demnächst mal besuchen, wir haben aber noch keinen festen Termin vereinbart. Dem ersten Eindruck nach wirkt diese Familie ganz sympathisch."

Donna Rosa sah uns erwartungsvoll an, doch wir waren einen Moment lang sprachlos. Damit hatten wir nicht gerechnet, vielleicht auch gar nicht rechen wollen. Ich räusperte ich mich und versuchte die Situation irgendwie zu retten.

„Na ... das ist doch eine gute Nachricht. Und Bergkamen ist ja auch gar nicht so weit entfernt, ist doch fast noch im Ruhrgebiet."

Susanne sah mich stirnrunzelnd an.

„Dann haben wir am Wochenende endlich mal wieder frei." Ich rang mir ein gequältes Lächeln ab.

„Ja, genauso entspannt sollten Sie das angehen. Einfach mal erholen von dem kleinen Racker. Ich halte Sie natür-

143

lich auf dem Laufenden, wie sich die Angelegenheit entwickelt."

Zu Hause angekommen, machte sich eine merkwürdige Stimmung breit, eine Mischung aus Nostalgie und Nachdenklichkeit. Es hatte einen Hauch von „Abschied", obwohl es noch gar keinen gab. Suse und ich saßen am Küchentisch, dort wo ich Leo zum ersten Mal begegnet war.

„Da hat er gesessen und rumgeschnieft. Freundschaft haben wir ja nicht sofort geschlossen."

„Das kam für dich ja auch ziemlich überraschend. Trotzdem hast du ihn kurz darauf im Kinderheim besucht, das hat mich ziemlich beeindruckt."

„Da hab ich mich sogar selbst überrascht. Es wurde dann nur viel anstrengender, als ich erwartet hatte."

„Du bist eben keine Kinder gewöhnt, Benno. Die sind ab und an auch mal stressig, das erlebe ich in der Schule fast jeden Tag."

Ich holte zwei Pinnchen aus der Küchenvitrine und schenkte uns etwas von dem holländischen Likör ein, den mir Freunde zum Geburtstag geschenkt hatten. Der schmeckte tatsächlich so, wie er hieß: „Nobel". Eine Weile schwelgten wir in gemeinsamen Erinnerungen und lachten über die Abenteuer, die wir mit Leo erlebt hatten. Vom ersten Treffen mit ihm im Kinderheim über das Fußballspiel im Park bis zum gemeinsamen Zoobesuch.

„Im Nachhinein kann man über vieles lachen. Allerdings muss ich nicht ständig so verrückte Abenteuer erleben."

Ich goss uns noch ein Gläschen ein, Susanne guckte erstaunt, erhob aber keinen Einspruch.

„Ich fand das aber richtig schön, wie wir uns um den Jungen gekümmert haben ...", erwiderte sie seufzend, „... und als der Leo bei uns übernachtet hat, das war doch sehr gemütlich, fast wie ´ne richtige Familie."

„Na ja, mal abgesehen von der schlaflosen Nacht und dem Feuer am Morgen."

Wir lachten herzhaft bei der Vorstellung, wie Leo mit Entsetzen feststellen musste, dass sein Löschflugzeug gar nicht in der Lage war, irgendetwas, geschweige denn ein Feuer zu löschen.

„So, das ist jetzt aber der Letzte."

Ich füllte die Gläser noch einmal bis zum Rand und wischte mir ein paar Lachtränen aus den Augen.

„Tja, ich werde den Bengel vermissen, aber das Wichtigste ist doch, dass es dem Jungen gut geht."

„Du hast natürlich recht, nur manchmal ... da denke ich, dass wir auch gute Pflegeeltern gewesen wären."

Wahrscheinlich lag es am hochprozentigen holländischen Likör, dass ich spontan erwiderte: „Ja, na klar, das wären wir gewesen, aber hundertpro!"

Susanne lächelte. Hatte sie etwa ernsthaft über eine Pflegeelternschaft nachgedacht? Gut, ich musste eingestehen,

145

dass ich mich auch einmal bei dem Gedanken ertappt hatte, wie das so wäre, als Pflegevater ...

Da hatte sich meine gefühlvolle Seite zu Wort gemeldet: *„Was denkst du denn Benno, warum dir dieser Junge begegnet ist? Glaubst du wirklich, dass es nur ein dummer Zufall war, dieses fremde Kind aus dem Heim unter so ungewöhnlichen Umständen kennenzulernen? So etwas nennt man Vorhersehung, Bestimmung oder auch Schicksal. Ihr würdet doch gut zueinander passen, du und dieser Junge!"*

„Blablabla ...", fuhr mein Verstand energisch dazwischen, *„ ... was für ein Geschwätz! So eine zufällige Begegnung, die sollte man nicht überbewerten. Pflegevater werden – von so einem großen Jungen, mit der Vorgeschichte. Also wirklich Benno, ich hätte dich für vernünftiger gehalten, mit deiner großen Lebenserfahrung. So eine Angelegenheit sollte man ganz sachlich beurteilen, ohne dieses sensible Getue."*

Nun, in dieser wehmütigen Stimmung musste ich für Susanne statt sachlicher Argumente wohl eher ein paar tröstende Worte finden.

„Ich glaube, wir haben dem Jungen in einer sehr schwierigen Phase geholfen, damit müssen wir zufrieden sein."

Später als wir zu Bett gingen, schlief meine bessere Hälfte sofort ein. Daran war wohl auch der holländische Likör schuld, denn sie trinkt nur selten Hochprozentiges. Ich

146

dagegen grübelte noch eine Weile, bis mir irgendwann die Augen zufielen. Doch mitten im Traum traf mich ein Blitz! Susanne hatte die Nachttischlampe angeknipst.

„Benno, bist du wach?"

Ich blinzelte zu meinen Wecker hinüber.

„Herrje, es ist halb zwei, was ist denn los?"

„Ich habe nachgedacht ..."

„Okay, du hast nachgedacht, schön. Und worüber hast du nachgedacht?", fragte ich gähnend.

„Ich habe ein komisches Gefühl, es ist irgendwie ..."

Susanne zögerte.

„Ja, Suse, wie denn?"

„Ach, es kommt mir nur so vor, als ob wir Leo im Stich lassen würden."

Ich schüttelte den Kopf.

„Nein, das machen wir auf keinen Fall. Wir müssen kein schlechtes Gewissen haben. Die Verantwortlichen entscheiden doch gemeinsam mit Leo, ob und wer in Frage kommt für eine Pflegeelternschaft. Jetzt sollten wir aber unbedingt schlafen, Spatz."

Ich gab meiner Frau noch einen Gutenachtkuss, in der Hoffnung, nicht von ihr vor dem Morgengrauen geweckt zu werden. Susanne kuschelte sich an mich und war schon nach kurzer Zeit eingeschlafen. Ich selbst lag aber noch eine ganze Weile wach. Warum machten wir uns Gedanken? Wahrscheinlich würde Leo am nächsten Wochenenden die Familie aus Bergkamen treffen und mit ihr jede Menge Spaß haben. Und uns dabei überhaupt nicht vermissen. Ich schluckte bei dieser Vorstellung. Trotzdem: Es war bestimmt besser so.

14. Kapitel

Feuerteufel

Verdammt noch mal, Frau Mattinek, die olle Schnepfe aus dem ersten Reihenhaus, hatte uns wieder mal verpfiffen! Jetzt bekam ich den Hintern versohlt, nur weil die blöde Kuh gepetzt hatte! Wegen dieser harmlosen Sache bei den Aschentonnen. Behälter aus Metall, umgeben von Stein und Beton – was bitteschön, sollte denn da brennen? Außerdem wussten wir doch mit Feuer umzugehen. Eine Packung „Schtrikkes", wie wir Streichhölzer nannten, hatten wir immer dabei. Zu Hause in den Kohleöfen loderten noch richtige Flammen, und zur Winterzeit kam eine riesige Tropfkerze auf den Tisch. Aber das Beste in diesen Tagen war der vorweihnachtlich geschmückte Tannenbaum, der besaß nämlich echte Wachskerzen! Wenn man die anzünden durfte... wow! Und neben dem Baum, allzeit bereit, stand immer ein Eimer mit Wasser. Und an den übrigen Tagen entzündeten wir noch das eine oder andere Feuerchen im Freien. Brachland gab es ja genug, da fiel so etwas gar nicht auf. Aber selbst wenn jemand dabei erwischt wurde, musste der nicht sofort zum Psychologen. Pustekuchen!

Tja, nur die olle Mattinek, die verstand leider überhaupt keinen Spaß. Dabei war das Zündeln hier bei den Aschentonnen doch wirklich harmlos. So steckten wir also wie-

149

der mal Prügel ein, ein Zustand, der weder von einem humanen Erziehungsstil noch von kindlicher Einsicht zeugte. Trotzdem erinnere ich mich gerne an diese Zeit zurück, an die Zeit der kleinen Lagerfeuer ...

Für dieses Wochenende war ein Ausflug an den Kemnader See geplant. Skulpturenkünstler hatten dort in Heveney, am Wittener Ufer, riesige Figuren aus Sand gebaut, die man am Abend im Schein von Lichtern und Fackeln besichtigen konnte. Leo war hellauf begeistert, weil man eigene Kerzen mitbringen und anzünden durfte. Nur hatte er leider – ebenso wie Susanne – diesen ausgeprägten Hang zur Schusseligkeit. Damit war klar, ich musste die beiden im Auge behalten. Sehr hilfreich waren diesbezüglich auch die Ratschläge meiner Schwiegermutter, die durch Susanne von dem bevorstehenden Ausflug erfahren hatte. Mit den einleitenden Worten: „Du weißt ja, wie gefährlich offenes Feuer ist ...", klärte sie mich, ihren fast fünfzigjährigen Schwiegersohn, über die Gefahr brennender Kerzen und die entsprechenden Vorsichtsmaßnahmen auf.

„Und dann mit einem so nervösen Kind, also ich weiß wirklich nicht ... Davon mal abgesehen, sind Karl-Heinz und ich immer noch besorgt, was euch und diesen Jungen angeht. Irgendwann denkt der womöglich, dass ihr ihn adoptieren wollt."

Oh nein, ging das schon wieder los! Ich hatte weiß Gott keine Lust mehr, mit ihr über dieses Thema zu diskutieren. Aber zum Glück hatte ich noch einen Trumpf in der Hinterhand: die an Leo interessierte Familie aus Bergkamen. Damit konnte ich meine Schwiegermama beruhigen und das Gespräch beenden. Schwein gehabt.

Trotz meiner Bedenken schleppten Susanne und Leo zwei bis zum Rand gefüllte Beutel ungenutzter oder halb abgebrannter Kerzen mit. Die gibt es natürlich im Materialvorrat einer engagierten Grundschullehrerin in rauen Mengen. Eine gute Gelegenheit mir zu beweisen, dass das Sammeln von Krimskrams und Firlefanz nicht so sinnlos war, wie ich immer behauptete.

Als wir in der Dämmerung den See erreichten, bot sich uns in der untergehenden Abendsonne ein wunderbares Spektrum von Farben und Formen. Und weil der Besucherandrang sich noch in Grenzen hielt, gab es hier weder unnötige Hektik noch störenden Lärm. Zwischen den Exponaten waren Fackeln aufgestellt worden und Tausende von Teelichtern. Die Sandskulpturen wirkten in deren flackerndem Lichtschein geheimnisvoll und märchenhaft.

„Ich mache meine Kerzen an!", rief Leo begeistert und wühlte in seinem Stoffbeutel.

„Na, das übernimmt mal besser ein Experte."

Ich kramte eine Schachtel Streichhölzer hervor.

„Nö, ich will die anstecken", meckerte das Kind.

„So, Leo, du suchst dir jetzt eine Kerze aus und ich zünde sie an", schlichtete Susanne unseren Disput.

Mit einem flackernden vierten Advent in der Hand war Leo zufrieden, unser Rundgang konnte beginnen. Von schlichten Szenen, über klassische Themen, bis hin zu wilden Fantasiegestalten, diese Sandskulpturen waren wirklich imposant. Wir sahen eine Sphinx, Ritter und Drachen, eine Unterwasserwelt. Eine griechischer Gott war die größte Figur der Ausstellung. An einer Seite war das Absperrband zerrissen, sofort nutzte Leo die Chance dem Sandkoloss auf die Pelle zu rücken.

„Leo, nicht so nah ran. Und pass auf deine Kerze auf."

Doch der Bursche hörte mich nicht, er war völlig in die Traumwelt der Künstler eingetaucht. Ganz im Sinne der Kulturschaffenden, doch nicht in meinem. In Gedanken sah ich dort, wo seine Hand soeben ein Loch in die Figur buddelte, einen kleinen Riss entstehen ... dann riesel der Sand in den Hohlraum, man hört es knirschen und ächzen, der entstehende Spalt wächst, setzt sich nach oben fort, so wie in diesen Katastrophen- oder Actionfilmen, wo der Zuschauer jetzt bereits ahnt, dass die Mauer des Staudammes oder der alten Stadt jeden Moment in sich zusammenstürzen wird ...

Ich rief Leo zu: „Hände weg von der Skulptur!", doch es war bereits zu spät. Der Junge hatte die Figur berührt, allerdings nur an der Oberfläche. Susanne raunte mir zu: „Schrei doch den Jungen nicht so an."

Für meine Frau schien der Fall damit erledigt zu sein, Leo und ich schmollten noch ein wenig. Doch die Atmosphäre flackernder Lichter und imposanter Figuren bot einem keine Chance, sein Selbstmitleid zu pflegen. Also zogen wir friedfertig weiter und ließen uns schon bald wieder von den eindrucksvollen Fantasiewelten aus Sand verzaubern. Dann, an einem der kerzenumsäumten Wege, fielen mir einige unsortierte und erloschene Teelichter auf. Was für eine Unordnung! Ich begann damit, sie gerade zu rücken und neu zu entflammen.

„Benno, lass das doch, das stört doch keinen."

Natürlich störte das, zumindest mich.

„Ach, wir bringen das kurz in Ordnung, der Leo und ich. Ist doch keine große Sache."

Susanne schüttelte den Kopf. Leo dagegen war begeistert, sozusagen Feuer und Flamme.

Ich ordnete die Reihen neu und er zündelte.

„Eine schöne Installation haben Sie da zusammengestellt, sehr ausdrucksstark", lobte uns ein älterer Herr.

Im Halbdunkel hielt uns der Mann anscheinend für Künstler und Kind. Zum größten Teil war das mein Verdienst, denn ich hatte Leo und mir die gammeligsten

Klamotten verordnet, die wir bei uns zuhause und im Kinderheim finden konnten. Susanne hatte sich geweigert, wie sie es bezeichnete, *als wandelnde Altkleidersammlung* herumzulaufen. Ich dagegen trug ausgelatschte Turnschuhe, eine mit „echten" Löchern geschmückte Jeans und über einem verwaschenem Rollkragenpulli meine verschlissene Lederjacke, mit der ich schon auf Studentenfeten zur Musik von „Status Quo" und „Led Zeppelin" abgerockt hatte. Dazu kamen noch ein Dreitagebart und etwas Ruß, den ich mir versehentlich ins Gesicht geschmiert hatte, was vor allem Leo erheiterte. Kein Wunder also, dass man mich mit einem Künstler verwechselte, zumal hier niemand sonst die Kühnheit besaß, ausgewehte Teelichter neu zu arrangieren ...

Einige Leute blieben jetzt sogar stehen und sahen uns bei der „Arbeit" zu. Vereinzelt wurden uns auch Fragen gestellt, doch wir blieben einsilbig. Sind eben verschrobene Typen, diese Künstler ... Zufrieden betrachteten wir unser Werk, doch erinnerte mich die Teamarbeit mit Leo auch daran, dass der Junge demnächst mit einer anderen Familie unterwegs sein würde. Verwundert bemerkte ich, dass es mich ärgerte. Doch Susanne riss mich aus meinen Gedanken.

„Ich geh mal weiter, um mir den Rest anzusehen. Bis nachher, ihr beiden ... und vertragt euch."

Kein Problem für uns, ich rückte weiterhin Kerzen zurecht, Leo steckte sie an. Allmählich kam er mir aber etwas überdreht vor, vielleicht war er auch nur müde geworden und wollte es nicht wahrhaben. Nun, die Verantwortung lag bei mir, ich musste auf den Jungen achtgeben. Allerdings ... dieser Getränkestand dort drüben, der sah auch sehr einladend aus ... jetzt ein kühles Krefelder, das würde mir gefallen.

„Leo, ich hab vielleicht einen Durst. Sollen wir mal rüber gehen ...?"

Ich wies mit der Hand auf die Bierbude gegenüber. Doch der Junge war beschäftigt, wann hat man schon mal die Gelegenheit, so viele Kerzen anzuzünden. Ich tippte ihn an und wiederholte meine Frage.

„Ach, nöö", brummelte er.

Gut, dieser Stand war nur wenige Meter entfernt und die Warteschlange kurz ... wenn ich jetzt rüberhuschte, konnte ich von dort aus Leo problemlos im Auge behalten. Also reichte ich dem Jungen seinen Vorratsbeutel mit den Kerzen und gab ihm noch ein paar Anweisungen. Dann wetzte ich los. Bestellt, bezahlt, kurz gewartet und dann ... ah, tat das gut, dieser kühle Drink! Vielleicht sollte ich noch ein zweites Glas ... ? Ich blickte kurz zu Leo hinüber – und in ein Meer von Lichtern. Ja, dieses Bild war jetzt durchaus angebracht, denn dort, wo ich Leo zurückgelassen hatte, brannten nun zahlreiche Kerzen in verschiedensten Farben und Formen. Der Junge hatte offensichtlich den größten Teil seiner Vorräte aufgebaut und angezündet. Sehr kreativ, nur leider gegen unsere Abmachung.

„Mensch, Leo, was machst du denn? Das hatten wir doch so nicht abgesprochen!"

„Sieht das nicht toll aus, wie die leuchten! Und guck mal, da sind ein paar umgefallen, da brennt jetzt ´ne Pfütze aus Wachs."

Leo war von seinem Werk sichtlich begeistert.

„Ich mach noch ein paar Kerzen mehr an."

Entschlossen kramte der Junge in seinem Beutel herum.

„Nein, stopp, es reicht!"

Ich griff nach dem Stoffbeutel, doch Leo ließ nicht locker.

„Lass los, das gibt´s doch nicht!"

„Nein, die kriegst du nicht, das sind meine Kerzen!"

Dann riss der Henkel, an dem Leo den Beutel festhielt, und ich ließ ihn – überrascht durch den fehlenden Widerstand – los. Leo und ich blickten staunend hinterher, sahen ihn durch die Luft sausen, sahen, wie er für einen kurzen Moment durch den Nachthimmel schwebte und dann herabfiel in einen kleinen See aus brennendem Wachs. Leo schrie: „Meine Kerzen!", und wollte losstürmen, um noch irgendwie irgendwas zu retten.

Ich brüllte: „Du bleibst hier!", und hielt den Jungen energisch am Arm fest.

Die Tasche samt der übrig gebliebenen Kerzen brannte inzwischen lichterloh und diente der größer werdenden Wachsmasse als Docht. Ein kleiner Junge kam herbeigerannt, an seiner Hand schaukelte eine flackernde Sankt-Martins-Laterne.

„Darf man das, ein Feuer machen und die Kerzen da reinwerfen?", fragte er mit unverhohlener Bewunderung.

„Ja, mach doch!", rief ihm Leo zu.

Zack! Da flog sie dahin, die lachende Sonne, flog wie ein Funken sprühender Meteor durch die sternenklare Nacht und landete mit einem fröhlichen Knistern in unserem Feuer. Für einen Moment schien sich das strahlende Sonnengesicht noch schmerzvoll zu winden, bevor es endgültig in Flammen aufging.

„Ah ... ein Happening, wie damals in den Sechzigern ...", seufzte eine Stimme neben mir.

Ein Ehepaar mittleren Alters in edler Kleidung, stand da und bestaunte unser Werk. Mit ihren Sektgläsern in der Hand sahen die beiden aus, als wären sie gerade einem feinen Theaterfoyer entsprungen.

„Ja, eine schöne Aktion, so beschwingt und warm ...", ergänzte die Frau und warf mit zaghafter, fast sanfter Bewegung ein rotes Grablicht in unser Gemenge aus Feuer, Wachs, Stoffbeutel und Laterne. Andere Besucher blieben stehen, diskutierten, plauderten und warfen ihre Kerzen ebenfalls in unsere Feuerskulptur.

Völlig fasziniert von den Ereignissen um ihn herum, ließ sich Leo nur mit allergrößter Mühe von unserem brennenden Kunstwerk wegzerren. Durchaus verständlich, doch ich hielt es unbedingt für angebracht, den Ort des Geschehens zu verlassen ...

Denn vor meinem geistigen Auge sah ich das Bild einer alten grauhaarigen Frau, die es durch einen dummen Zufall in diese Ausstellung verschlagen hatte. Mühsam war sie von Skulptur zu Skulptur gewandert, bis sie schließlich an unserem kunstvollen Feuer anhielt. Das beachtete sie jedoch kaum, stattdessen starrte sie mich an. Minutenlang. Und dann, im gleichen Moment, als sie damit begann, wild gestikulierend mit ihrem Krückstock auf mich zu zeigen und den umstehenden Leuten zuzurufen: „Den kenn ich doch, datt iss gar kein Künstler. Datt Bürschken is der Benno Weber, der fiese Feuerteufel aus unsere Straße!", da erkannte ich sie wieder, die tatterige Mattinek aus dem ersten Reihenhaus. Schlussendlich würde man mich abführen und verurteilen. Wegen Anstiftung zur Brandstiftung ...

Leo, der mir soeben ein „Ich will aber noch bleiben!" an den Kopf geworfen hatte, erklärte ich, dass wir fliehen müssten, um einer Verhaftung zu entgehen. Außerdem sollte die ganze Angelegenheit unbedingt unter uns bleiben, ein Geheimnis unter Männern.

Widerwillig fügte er sich, wobei man ihm ansah, dass er den Wahrheitsgehalt meiner Erklärungen anzweifelte. Doch ich ließ keine Nachfragen zu, schnappte mir seine Hand und zog ihn mit, um mich auf die Suche nach Susanne zu begeben ... Wir hatten Glück und entdeckten sie am Cocktailstand. Sie hatte gerade ihren *Sex on the Beach* geleert und keine Einwände gegen einen zügigen Aufbruch. Beim Verlassen der Ausstellung stürmten zwei Männer in Feuerwehrmontur an uns vorbei, mit einem Feuerlöscher in der Hand.

„Ob es irgendwo brennt?"

Susanne blickte ihnen besorgt hinterher.

„Ach was, sicher nur 'ne Übung."

„Kann man Kerzenwachs mit Wasser löschen?", mischte sich Leo ein. Ich warf ihm einen bösen Blick zu und wechselte das Thema.

„Mensch, jetzt guckt doch mal die Sterne – wie die auf dem Wasser funkeln, ach ... ist das nicht schön?"

Diesem Naturschauspiel konnten sich auch meine Begleiter nicht entziehen und so genossen wir noch eine ganze Weile den wunderbaren Anblick.

Am Sonntagmorgen brachten wir Leo zurück ins Kinderheim. Zu dritt saßen wir auf dem roten Sofa und plauderten mit Donna Rosa, die schon bald auf den Besuch aus Bergkamen zu sprechen kam. Leos Gesicht verfinsterte sich. Im Laufe der Woche hatte man ihm erklärt, dass es

159

Pflegeeltern-Bewerber gäbe, die ihn demnächst besuchen wollten. Der Junge hatte das eher schweigend zur Kenntnis genommen, seine Begeisterung hielt sich sichtbar in Grenzen. Jetzt, hier im Büro, verkündete Donna Rosa, dass man schon für das nächste Wochenende mit dieser Familie einen Besuchstermin im Kinderheim vereinbart hatte. Dementsprechend würde sein mit uns geplanter Ausflug zu einem mittelalterlichen Markt mit Rittern und Gauklern ins Wasser fallen.

Leo wurde blass, dann sprang er vom Sofa auf: „Die will ich nicht sehen, diese Hirnis aus Bärkarmen! Und ihr seid auch so Belüger!"

Mit diesen Worten stürmte er auf den Flur und die Treppe hinauf. Susanne wollte ihm hinterherlaufen, doch Donna Rosa hielt sie zurück. Auch ich war überrascht. Leos Jähzorn kannte ich zwar, doch in diesem Moment hatte ich keinen Wutausbruch erwartet.

„Das kam jetzt ein bisschen plötzlich für ihn. Er weiß zwar, dass wir neue Eltern für ihn suchen, aber vielleicht sind bei ihm Erinnerungen hochgekommen und die Angst, wieder verlassen zu werden. Na, wir sollten ihm jetzt erst einmal etwas Ruhe gönnen, morgen geht´s ihm bestimmt schon wieder besser."

Donna Rosa klopfte Susanne sanft auf die Schulter und versprach uns, im Laufe des nächsten Tages anzurufen, um über Leos Stimmungslage zu berichten.

Zu Hause angekommen, versuchte ich, meine bessere Hälfte zu beruhigen: „Wahrscheinlich liegt Leo jetzt gemütlich in seiner Koje und blättert ganz entspannt in einem Donald-Duck-Heft. Der wird sich schon wieder einkriegen."

Als wir später zu Bett gingen, versprach ich meiner Frau, am nächsten Morgen im Kinderheim anzurufen und mich nach Leos Befinden zu erkundigen.

Ein ziemlicher Aufwand, was, Benno? Für diesen kleinen Choleriker ... für den wir doch gar nicht verantwortlich waren. Oder hatten wir bei ihm falsche Erwartungen geweckt? Wieder eine dieser Fragen, die einen wach hielt, weil man vergeblich nach einer Antwort suchte. Doch morgen früh – das nahm ich mir fest vor, würde ich diesen Fall lösen, egal ob in Person von Philip Marlowe, Batman oder Benno Weber ...

15. Kapitel

Pizza Diavolo

Am nächsten Vormittag, ich war gerade dabei meine Sporttasche für die *Fit-Over-50* Gruppe zu packen, klingelte das Telefon. Frau Frisch am Apparat.

„Guten Morgen, Herr Weber. Ich hoffe, ich störe Sie nicht allzu sehr."

„Nee, ist okay. Das hatten wir ja so vereinbart."

„Genau, ich sollte Ihnen ja einen Lagebericht geben. Gestern Abend habe ich noch einmal versucht, mit Leo in Ruhe über den Familienbesuch aus Bergkamen zu reden, doch er wollte nichts davon hören und ist total wütend geworden. Später hat er Steven hinausgeworfen und sich in seinem Zimmer verbarrikadiert. Heute Morgen weigerte er sich, in die Schule zu gehen. Wir haben das wegen der besonderen Umstände fürs Erste mal so akzeptiert und ihn krankgemeldet. Er schimpft aber auch weiterhin wie ein Rohrspatz und lässt niemanden in sein Zimmer."

„Oh je, das klingt heftig, was machen wir denn jetzt?"

„Na, wir hoffen, dass er sich allmählich wieder beruhigt. Aber wenn Sie und Ihre Frau später noch vorbeikommen könnten, um mit ihm zu reden ... Sie haben so einen guten Draht zu dem Jungen."

„Okay, wir werden´s versuchen. Kann aber noch ´ne Weile dauern, bis wir bei Ihnen eintreffen."

„Das finde ich super, dass Sie sich die Zeit dafür nehmen. Ich werde dem Jungen Bescheid sagen, dass Sie ihn besuchen kommen."

Tja, da saß ich nun, allein an unserem Küchentisch, an dem mir Leo zum ersten Mal begegnet war. Und obwohl ich weder für ihn verantwortlich noch zu irgendwas verpflichtet war, machte ich mir ernsthaft Sorgen um den Burschen. Ich mochte das Kerlchen. Sollte ich wirklich bis zum Abend auf ein Gespräch mit dem kleinen Wüterich warten? Ich entschied mich dagegen und wählte die Telefonnummer meiner „Muckibude".

„Benno, was 'n los mit dir? Hast du wieder Rücken?"
„Nee, ich habe Fieber. 38,9."
„Nur so 'n bisschen Fieber, das ist alles?"
„Nein, natürlich nicht. Ich hab auch Durchfall, ´ne ziemlich üble Sache."
„Oh, verschon mich bitte mit Einzelheiten ... und bleib bloß zu Hause, sonst steckst du uns hier alle noch an!"

So eine kleine Notlüge, war das verwerflich von mir?
Schäm dich, Benno, du bist doch kein Hallodri, sondern ein Mensch mit Prinzipien und Pflichtgefühl ..., empörte sich mich mein Gewissen.
Eben darum, weil er diesem armen Kind gegenüber eine Verpflichtung fühlt, handelt er doch so ... , hielt meine empathische Seite dagegen und klopfte mir anerkennend

auf die Schulter. Mein Mitgefühl siegte und ich sendete Susanne eine SMS: Leo ist ausgerastet – Ich fahre gleich zum Heim, melde mich später wieder – Benno.

Dann suchte ich im Internet die nächstbeste Bahnverbindung nach Herne heraus, schnappte mir Handy und Portemonnaie, schloss die Tür hinter mir ab und sauste die Treppe hinunter. Unten angekommen blieb ich verdutzt stehen: Da schneite doch tatsächlich meine bessere Hälfte zur Tür herein!

„Ich habe mit meiner Rektorin gesprochen, sie kennt den Leo ja noch von früher. Für die letzten zwei Schulstunden bin ich von ihr beurlaubt worden."

Wir informierten Frau Frisch über unser baldiges Erscheinen und düsten los ... In der Eingangstür des Heims wurden wir von ihr in Empfang genommen.

„Prima, dass Sie so schnell kommen konnten. Leo redet zwar wieder mit uns, er hat aber auch klar gemacht, dass er Sie beide nicht mehr sehen will, er behauptet sogar ‚nie wieder'. Andere Besucher allerdings auch nicht, schon gar nicht die Leute aus Bär-Dingsda. Wir werden ihn natürlich nicht zwingen, diese Familie zu treffen, aber wir haben ihm auch erklärt, dass es so schwierig wird, neue Pflegeeltern zu finden. Wenn Sie gleich zu ihm gehen, wird er wahrscheinlich kein Wort mit Ihnen sprechen. Aber einen Versuch ist es wert."

Wir wurden angemeldet, doch der „kleine Prinz" wollte uns nicht empfangen. Na gut, dann eben nicht! Sollte er doch die beleidigte Leberwurst spielen, mir doch egal ... Susanne aber nicht, die blieb wieder mal stur. Sie kritzelte etwas auf ein Blatt aus ihrem Lehrerkalender und schob es unter Leos Zimmertür durch. Man hörte es rascheln. Wir gingen zurück ins Büro, schlichen aber nach einer Weile wieder nach oben, um nachzusehen. Vor der Tür lag ein zerknitterter Zettel mit einer deutlichen Botschaft: ICH BIN WÜTEND! IHR HABT MICH ANGELO-GEN! VOLL DOOF IS DAS. DIE LEUTE VON WOAN-DERS WILL ICH AUCH NICH SEHEN! ALLE SIND WIKKSER!

Ziemlich starker Tobak, nicht gerade ermutigend.

Trotzdem schrieb Suse einen zweiten Brief, diesmal mit einer ausführlichen Entschuldigung und der Aussicht auf eine Wiedergutmachung am Wochenende. Zum Beispiel in Form einer Pizza bei uns zu Hause. Wir setzten uns auf die Stühle im Flur und warteten. Schließlich wurde ein Papierfetzen unter dem Türspalt durchgeschoben, auf dem gekritzelt stand: DU BIS IMMER NOCH DOOF DER BENNO AUCH! ICH WILL EINE RIESENPIZZA UND GANZ VIEL COLA ALLES HEUTE ABEND! SONS HAUT AB IHR LÜGNER!

Wir atmeten erleichtert auf. Auch wenn das ziemlich unverschämt klang, sollte es wohl ein Versöhnungsangebot sein. Susanne schrieb zurück: *Lieber Leo! Wir finden das ganz toll, dass du nicht nachtragend bist. Pizza und Cola, geht klar. Ob das aber heute Abend noch klappt, da müssen wir nachfragen, wir sagen dir gleich Bescheid.*

„Unter diesen Umständen...", die Heimleiterin schmunzelte, „... muss ich das wohl genehmigen. Die Pizzeria Milano ist hier gleich um die Ecke. Sehr empfehlenswert. Der Junge kennt den Weg."
Auf dem Fußmarsch zum Restaurant blieb Leo schweigsam, man sah ihm aber an, dass er zufrieden war mit dem Erreichten. Wir waren ins Kinderheim geeilt, hatten uns entschuldigt und eine Wiedergutmachung versprochen. Außerdem hatte er die Schule schwänzen dürfen, inklusive der Hausaufgaben. Sogar der Besuch der Familie aus Bergkamen war abgesagt worden. Und zur Versöhnung gab es obendrein noch eine Pizza und Coca-Cola bis zum Abwinken! Tatsächlich war der Italiener nur wenige Minuten vom Heim entfernt. Ein gemütliches Lokal: Holztische, Kerzen, dezente Musik und eine freundliche Bedienung. Leo ließ es sich gut gehen und freute sich diebisch über die Cola und eine extragroße Pizza.

„Du kannst dir auch was Besseres gönnen, wie wär´s denn zum Beispiel mit der Chef-Pizza?"
„Nöö ... ich nehm die Margherita, die kriegen alle hin, die schmeckt immer."

167

Da war sie, die Lebensweisheit eines Kindes: Zu nehmen, was wenig spektakulär war, aber von solider Qualität. *Ganz wie die Webers* ... ging es mir durch den Kopf.

„Sie haben gewählt?"

„Ja, ich nehme die 28, die Pizza Diavolo, bitte."

Susanne räusperte sich und flüsterte mir zu: „Benno, denk an die Peperoni."

„Ach, die sparen doch wo sie können, auch beim Gemüse, mach dir mal keine Sorgen, Suse."

Mit Leo handelte ich einen Kompromiss aus. Er gelobte, die Pizza nicht in ihre Einzelteile zu zerlegen, wenn ich sie ihm in handgerechte Stücke schneiden würde. Der Deal funktionierte, jetzt hätte ich meine Pizza in Ruhe genießen können ... Ja, wenn nicht die leuchtend roten Peperoni in Kompaniestärke angetreten wären. Diese Großzügigkeit des Pizzabäckers, wahrscheinlich ein an Gewürzschärfe gewöhnter Inder, trieb mir die Tränen in die Augen. Da half nur ein kräftiger Schluck vom Rotwein. War das nicht ein zischendes Geräusch? Ich wurde das ungute Gefühl nicht los, dass sich meine beiden Begleiter schadenfrohe Blicke zuwarfen.

„Mann, die ist aber großzügig belegt. Da sortier ich lieber mal was aus."

„Man soll nicht an der Pizza `rumfummeln, hast du gesagt", protestierte Leo.

„Ja, du hast recht, das hab ich gesagt. Aber in diesem Fall ..."

Leo sah mich eindringlich an und schwieg.

„Okay, gesagt ist gesagt."

Ich räumte die Peperonistücke wieder zurück. Kerl, ich lass mir doch von so einem Knirps nicht Inkonsequenz vorwerfen! Und so ein bisschen Schärfe schadet doch niemandem. Ich bestellte mir einen Ramazzotti, kurz darauf einen Espresso. Alles nur für die Verdauung. Auf meiner Stirn kitzelten mich ein paar Schweißtropfen. Beim Reden hatte ich das Gefühl zu lallen, Zunge und Lippen kamen mir taub vor. Dann meldete er sich, mein Magen. Was denn? Scharfes hat eben seinen Reiz, auch wenn es den Reizmagen reizt. Was für ein Wortspiel, im Gegensatz zum Geschmack hatte ich meinen Sinn für Humor noch nicht verloren!

Auf dem Heimweg plauderten Suse und Leo fröhlich miteinander, ich schwieg und litt still vor mich hin. In meinem Bauch rumorte es gewaltig und ich begann, mir ernsthaft Sorgen zu machen. Erleichtert atmete ich auf, als endlich das Kinderheim in Sichtweite kam. Während ein gut gelaunter Leo auf sein Zimmer verschwand, verweilten wir noch im Büro der Heimleiterin, die sich ganz entspannt in ihrem Chefsessel herumlümmelte und erleichtert darüber zeigte, dass sich die Wogen wieder geglättet hatten.

„Und wie gut Sie mit dem Jungen auskommen, wirklich toll! Gerade auch heute, in dieser schwierigen Situation."

Susanne winkte ab: „Ach, durch die Kinder in der Schule bin ich Einiges gewöhnt, und der Leo ist doch ein ganz liebenswerter und pfiffiger Bursche. Dass er mal traurig oder wütend ist, finde ich okay. Immerhin kann er seine Gefühle ausdrücken, das ist doch ´ne gute Eigenschaft."

Ja, Männer, die ihr Gefühle zeigen ... jetzt war ich wohl an der Reihe, zu diesem Thema etwas beizutragen. Man sah mich erwartungsvoll an.

„Der Leo ist wirklich ein Junge mit prima Eigenschaften. Und seine Neigung zum Jähzorn ist verständlich, bei dem, was er schon alles mitgemacht hat. In diesem Moment allerdings, da frage ich mich ... wo befindet sich hier eigentlich die nächste Toilette?"

Susanne warf mir einen triumphierenden „Hab ich es dir nicht gleich gesagt - Blick" zu, Frau Frisch dagegen klärte mich auf: Es gab ein Gäste-WC am Ende des Flures und eine Kindertoilette direkt schräg gegenüber. Ich wählte den kürzeren Weg ...

Einmal Platz genommen, ging es mir schon besser. Bis sich plötzlich die Türklinke bewegte.

„Hallo, da draußen, hier ist besetzt."

Erneut wurde die Klinke gedrückt.

„Hey, hier ist besetzt, sagte ich."

Mein Hinweis wurde ignoriert und wieder an der Tür gerüttelt. So ein unverschämter Kerl!

„Mann, das kann doch nicht so schwer zu begreifen sein, hier sitzt schon jemand und erledigt sein Geschäft!"

„Papa?", hörte ich eine Kinderstimme fragen.

Wie „Papa"? Was sollte das denn? Ich machte keinen Mucks. Doch der Knirps ließ nicht locker.

„Papa?", wiederholte er seine Frage.

Diese Stimme ... sie kam mir bekannt vor. War das nicht dieser kleine Klammeraffe, der mir als Erster im Kinderheim begegnet war? Wie hieß der noch gleich?

„Dennis, bist du das?"

„Nein, bin ich nicht", erwiderte die Stimme.

„Ich hätte schwören können, dass du das bist, Dennis."

„Nein, bin ich nicht. Ich bin der Enis."

„Ach, Mensch, na klar, der Enis ... wusste ich´s doch, deine Stimme kam mir gleich so bekannt vor."

„Papa pupst!", stellte Enis fröhlich fest.

„So einen Papa willst du doch sicher gar nicht haben, Enis, oder? Und außerdem bin ich nur zu Besuch hier."

„Papa, zu Besuch", klang es erfreut.

Herrje, was für ein stures Kerlchen! Die Stimme schien näher gekommen zu sein. Hatte das Bürschchen etwa vor unter der Tür durchzulinsen?

„Hör mal zu, Enis ... ich glaub, gleich kommt, ähm ... gleich kommt was im Fernsehen."

„Was denn?"

„Nun, ich denke mal ... die Sesamstraße, ja genau! Die Sesamstraße kommt gleich. Die willst du dir doch bestimmt nicht entgehen lassen, oder?"

„Die war schon. Is auch nur was für Babys."

„Na, dann guck doch die Simpsons oder Alarm für Cobra 4711. Irgendwas Tolles läuft bestimmt gerade. Pass mal lieber auf, dass du nichts verpasst, Enis."

„Nee, war alles schon. Aber der Schpeidermann, der kommt gleich."

Für einen Augenblick Stille, ich dachte fieberhaft nach.

„Ach, ja, natürlich, Spiderman! Der fängt gleich an, wollte ich doch auch gucken. Geh doch schon mal vor Enis und halt mir ´nen Platz frei, ja? Machst du das?"

„Ja, Enis, hält Papa einen Platz frei, dann gucken wir zusammen den Schpeidermann."

Eine Weile hörte man noch Enis' fröhlich plappernde Stimme und trippelnde Schritte, die sich allmählich entfernten. Endlich hatte ich meine ersehnte Ruhe.

Als ich in das Büro zurückkehrte, wurde ich von Donna Rosa mit einem strahlenden Lächeln in Empfang genommen.

„Ich finde das toll, dass Sie mit dem Gedanken spielen, sich zu bewerben, also ich persönlich würde das sehr befürworten!"

Während meiner „Sitzung" hatte ich wohl Bedeutendes verpasst. Mit offenem Mund starrte ich Frau Frisch an.

Susanne klärte mich auf: „Gerade habe ich Frau Frisch davon erzählt, dass wir gerätselt haben, ob es für Pflegeeltern so etwas wie eine Altersgrenze gibt ..."

Susanne blickte erwartungsvoll zu Donna Rosa hinüber.

„ ...und da hab ich Ihrer Frau geantwortet, dass man bei einem fast zehnjährigem Jungen durchaus Pflegeeltern mit deutlich mehr Lebenserfahrung sucht. Außerdem sind Sie ja noch nicht mal fünfzig, vermute ich. Das ist doch kein Alter!"

Die beiden Frauen warteten auf einen Kommentar von mir, doch ich war sprachlos. Was ging denn hier ab? Hatten die irgendetwas zu sich genommen? Eierlikörchen oder Prosecco vielleicht?

„Ehrlich gesagt, habe ich schon lange darauf gehofft, dass Sie sich als Pflegeeltern für Leo bewerben. Nein, also wirklich ... das ist so ein schöner Moment", fügte Donna Rosa sichtlich gerührt hinzu.

„Ich finde das auch schön ...", seufzte Susanne mit verklärtem Blick. Mann, diese Glückseligkeit war ja nicht zum Aushalten!

„Also ich weiß nicht, ob wir wirklich ´ne Chance bekommen ...", versuchte ich Zweifel zu wecken.

„Nun, ich kann Ihnen natürlich nichts versprechen, das geht ja alles seinen amtlichen Weg. Aber ich gebe Ihnen

173

mal die Nummer von Frau Schmidt vom Jugendamt. Die ist für Leo zuständig und kennt ihn schon, seitdem seiner leiblichen Mutter das Sorgerecht entzogen wurde. Sie hat sich damals intensiv um ihn gekümmert. Frau Schmidt kann Ihnen sicher mehr dazu sagen."

Ich blickte demonstrativ auf meine Armbanduhr. Jetzt hieß es Zeit gewinnen.

„Tja, ich glaube, wir müssen dann mal los, Frau Frisch, morgen hat uns der Alltag wieder. Und danke für ihre Unterstützung."

Ich reichte der Heimleiterin meine Hand. Sie schüttelte sie eine Idee zu herzlich, wie ich fand.

„Keine Ursache, das habe ich doch gern getan. Und denken Sie daran, Frau Schmidt anzurufen. Die kann Ihnen mit Sicherheit weiterhelfen."

Zu Hause angekommen, gab ich mich betont einsilbig, was Susannes gute Laune kaum mindern konnte.

„Ist das nicht toll, dass wir uns bewerben können?"

Sie strahlte mich an, ich rümpfte die Nase.

„Ja, prima, Susanne, wirklich prima. Aber trotzdem muss so ein Schritt gut überlegt sein, da gibt es schließlich kein Zurück mehr."

Hatte ich zu leise gesprochen oder genuschelt? Susanne hatte meinen Einwand problemlos überhört.

„Ich müsste meinen Arbeitsbereich ins Wohnzimmer verlegen, damit der Junge ein eigenes Zimmer bekommt."

„Also, Spatz, jetzt warte mal ... Ich meine, wir sollten das Ganze noch einmal in Ruhe überdenken. Das würde schließlich unser ganzes Leben verändern."

Susanne guckte mich erstaunt an. Gut, ich hatte mich bisher nicht grundsätzlich gegen eine Elternschaft ausgesprochen, aber bislang waren das doch nur Gedankenspiele gewesen. Jetzt stand ich plötzlich vor einer Entscheidung. Und ich war mir nicht sicher ... wollte ich mir das wirklich antun, mir so einen Bengel für immer ans Bein zu binden? Andererseits: War mir dieser pfiffige Junge, dieser zeitweilig anstrengende, aber auch liebenswerte Bursche, inzwischen nicht sogar ein bisschen ans Herz gewachsen?

„Ach, Benno, natürlich muss man sich das alles gut überlegen. Aber wir mögen den Jungen und er mag uns. Wir sind auch in der Lage, uns gut um ihn zu kümmern, und würden die nötige Zeit und Geduld mitbringen, die man für so ein Kind braucht. Und Krisen, die gibt es doch in ‚normalen' Familien auch. Also, ich finde, wir sollten es versuchen."

Es fiel mir schwer, einem so überzeugenden Plädoyer zu widersprechen, trotzdem bat ich mir Bedenkzeit aus, versprach aber im Gegenzug, dass ich am nächsten Tag mit Frau Schmidt vom Jugendamt telefonieren würde. Susanne war einverstanden, mein Vorschlag schien sie zu beruhigen. Ich selbst dagegen war ziemlich aufgewühlt.

Benno, ruhig Blut! Noch ist hier nichts in trockenen Tüchern, ein entsprechender Antrag muss zuerst einmal gestellt und bewilligt werden. Und Leo müsste letztendlich auch noch sein Okay dazu geben. Also keine Panik, alter Schwede! Morgen früh sieht die Welt schon wieder ganz anders aus ...

Nach den Ereignissen der letzten Stunden machte sich Erschöpfung breit, ich benötigte dringend eine Mütze voll Schlaf ... und spannende Träume gab es inklusive: Da saß er, Spiderman, der verlauste Superheld vergangener Tage, unter der steinernen Brücke. Ein paar Centstücke, ein paar Pizzareste, das war die magere Ausbeute eines ganzen Tages. Stolz war er nur auf das Dosenbier, das er gestern gegen fünf Rollen Klopapier eingetauscht hatte. Wer brauchte denn schon so viel Papier, Spiderman jedenfalls nicht! Doch dann passierte es, mitten in der Nacht: Blähungen, Bauchschmerzen, Durchfall ...

Als ich nass geschwitzt aus meinem Traum aufschreckte, fühlte ich mich gar nicht mehr müde. *Schlafen* an sich wird doch überbewertet, irgendwo musste noch ein gutes Buch liegen ...

16. Kapitel

Mit Whiskey im Wald

Tja, Lehrerschicksal, nie hat man Feierabend! Dann doch lieber Hausmann und Fitnesstrainer. Da durfte ich, während Susanne zur Elternpflegschaftssitzung aufbrach, ganz entspannt mit einem gemütlichen Fernsehabend beginnen. Zum Beispiel auf SAT.1, da flatterte wieder mal die menschliche Fledermaus über den Bildschirm. „Batman Begins", das klang vielversprechend ... Pünktlich zum Filmstart lag ich auf der Couch, es konnte losgehen. Und dank meiner Vorliebe für einsame Helden zog mich die Story sofort in ihren Bann. Jetzt kam die Szene mit dem Rückblick, eine Erinnerung aus der Kindheit des Fledermausmannes, eine ganz üble Geschichte: Seine Eltern werden auf dem abendlichen Heimweg überfallen und ermordet! Der kleine Junge ist plötzlich zum Waisenkind geworden. Ganz allein auf dieser Welt. Eine ziemlich traurige Passage. Kerl, das traf mich jetzt persönlich, was hatte sich der Autor bloß dabei gedacht, eine solche Szene ins Drehbuch zu schreiben? So was Blödes, das zog mich voll runter. Jetzt half nur noch zappen. Auf zum nächsten Kanal, zu Pro Sieben ... Hier stellte der kleine Held, ein Lausejunge namens Kevin, soeben fest: Ich bin ganz allein zu Haus. Na super, diesmal nur ein von den Rabeneltern vergessenes Kind, das machte die

Sache doch gleich viel erträglicher ... Ich wanderte weiter und wurde fündig. Auf RTL lief „Madagaskar 2", laut Programmzeitschrift ein lustiger Trickfilm. Keine adäquate Alternative zu Batman, aber immerhin leichte Kost, da konnte doch nichts schiefgehen ... Soeben ist zu sehen, wie das kleine Löwenkind übermütig herumtollt und sich dabei ziemlich weit von zu Hause entfernt. Verdammt, wo kommen denn diese Tierfänger her? Da, das Löwenjunge tapst in die Falle ... zu Hilfe, wo bleibt denn nur sein Vater? Jetzt taucht er auf und erkennt, was passiert ist, doch es ist zu spät ... ach, nein, herzzerreißend diese Szene! Und alle sind zu Tode betrübt. Junge, Junge, das war ja nicht zum Aushalten! Gut, dann musste ich wohl zum Äußersten greifen: Arte. Da lief doch immer Anspruchsvolles, Kultur und so, kein Klamauk oder sinnlose Gewalt.

Hm, aber was war das denn? Da blickte ein Mädchen mit großen Augen direkt in die Kamera und erzählte uns von ihrer traurigen Kindheit ... Ich warf einen Blick in die Fernsehzeitung: Ja, da stand es schwarz auf weiß, das Thema des heutigen Abends lautete: „Leben im Heim – wenn Eltern versagen." Unglaublich, fast schien es so, als hätten sich alle TV-Sender gegen mich verschworen ...
Ich betätigte die Off-Taste des Fernsehers. Puh, nun war ich da angekommen, wo ich auf keinen Fall hin wollte: bei meiner eigenen Lebensgeschichte. Da saß ich nun, mit meiner Chipstüte der Marke „Funny Family" vor einer

schwarzen Mattscheibe und machte mir Gedanken. Was war denn mit den anderen Vätern, überlegten die sich, warum sie ein Kind wollten und welche Konsequenzen das hatte? Oder war es nur die Sehnsucht nach einer Bilderbuchfamilie? Nur ein Stück Eitelkeit, der Wunsch nach einem persönlichen Abziehbild? Mein Haus, mein Auto, mein Kind. Zum Glück unterlag ich keinem dieser Zwänge, ich hatte die freie Wahl. Dieser Junge war ein durchaus sympathisches Kerlchen, besaß Grips und Humor. Manchmal war ich sogar stolz gewesen, wenn man den Jungen für meinen Sohn gehalten hatte. Doch eine Vaterschaft hätte auch andere Konsequenzen: weniger Zeit für mich und meine Hobbys, weniger Zweisamkeit mit meiner Frau, weniger Faulenzerei. Stattdessen mehr Hausarbeit, Aufmerksamkeit und Verantwortung. Nicht zu vergessen: ungewohnter Stress mit einem heranwachsenden Jugendlichen. Eine Pflegevaterschaft war also keine Entscheidung, die man aus dem Bauch heraus treffen sollte. Und schon gar nicht an diesem Abend.
Kommt Zeit, kommt Rat, wie man so sagt ...

Tja, das hätten wir dann geklärt. Ich prostete mir selbst zu und schaltete den Fernseher wieder ein. Diese „Batman"-Geschichten sind nicht so kompliziert, da darf man schon mal ein Stück verpassen. Es wurde doch noch ein schöner Fernsehabend.

Meine Taktik des kontrollierten Zögerns und Zauderns nahm aber schon am nächsten Tag ein jähes Ende. Es war keine erholsame Nacht gewesen. Im Spiegel hatte mich morgens dieser Grauhaarige angegähnt. Mit eingefallenen Konturen, verquollenen Augen und einem fahlen Teint. In dieser Verfassung hätte mich der Türsteher zur „Ü-50-Party" schon von Weitem durchgewunken und mir dann mit einem Augenzwinkern zugeraunt: „Ist zwar kein Halloween, aber komm trotzdem rein."

Diese *Pflegeelterngeschichte* hatte mich in der Nacht wie ein Quälgeist verfolgt. Hatte stundenlang unter meinem Bett gelegen und dort gelauert, jederzeit bereit, über mich herzufallen und mich mit Schlaflosigkeit zu plagen. Jetzt konnten mich nur noch ein duftender Kaffee und die Tageszeitung retten. Das funktionierte auch ganz gut, aber nur solange bis Susanne anmerkte: „Du wolltest doch beim Jugendamt anrufen..."

Ja, das wollte ich, aber heute Morgen hab ich auf so ein Gespräch echt keinen Bock..., hätte ich gerne geantwortet, doch stattdessen erwiderte ich: „Ja, Suse, geht klar, mach dir keine Sorgen, ich erledige das."

Wer will denn schon am frühen Morgen Zoff mit seiner Ehefrau riskieren? Nachdem Susanne zur Schule aufgebrochen war, rief ich, wie versprochen, Frau Schmidt an. Eine überaus freundliche und engagierte Person, die mir in aller Ausführlichkeit die verschiedenen Aspekte einer möglichen Pflegelternschaft erläuterte. Trotzdem nahm sie meine Bedenken ernst und machte mir schließlich folgenden Vorschlag: „Wenn Sie sich noch nicht so ganz sicher sind, was Ihre Bewerbung angeht ... ich hätte da eine Idee, die Ihnen vielleicht weiterhilft. Am nächsten Wochenende ist unser jährliches Pflegefamilientreffen in Castrop-Rauxel. Ich kann Ihnen da zusammen mit Ihrer Frau und dem Leo noch einen Platz anbieten. Testen Sie doch einfach mal den Ernstfall „Familie". Es geht dort ganz zwanglos zu und ich bin auch vor Ort. Ich kann Ihnen also jederzeit behilflich sein."

Auch wenn mir ganz und gar nicht nach einem gemeinsamen Wochenende mit wildfremden Leuten zumute war, wagte ich nicht, ihren Vorschlag abzulehnen. Denn eines war für so sicher wie das Amen in der Kirche: Susanne hätte mir die Hölle heißgemacht, wenn ich Frau Schmidts Angebot nicht angenommen hätte!

Der Freitagabend ist bei uns zu Hause an und für sich ein ganz entspanntes und gemütliches Ereignis. Wir haben die Woche gut überstanden, man palavert noch ein bisschen, liest etwas oder guckt einfach nur Fernsehen. Diesmal kam es anders: Hier beim Pflegeelterntreffen in Castrop-Rauxel war sofort Ramba - Zamba angesagt! Direkt nach der Ankunft wurden die Teilnehmer genötigt, sich im großen Spiele-Saal zu versammeln. Anfangs herrschte noch Ordnung, wir bildeten einen Stuhlkreis und jeder klebte sich ein Namensschildchen an das Shirt oder die Bluse. Dann wurden die Plätze getauscht, aber nach unterschiedlichen Vorgaben. Zum Beispiel: Alt wechselte mit Jung, Stiefel mit Turnschuh, Blond mit Braun und Dick mit Dünn. Bei jedem Platztausch musste man sich seinem Gegenüber vorstellen: „Hallo, ich bin der Benno, wer bist denn du?"

Es folgten Klassiker wie die „Reise nach Jerusalem" oder „Der Plumpsack geht um". Kurz darauf, das erste Highlight des Abends: das „Griesgram-Spiel". Einer der Teilnehmer ging dabei im Kreis umher, sah sich die Anderen ganz genau an, und warf demjenigen, der seiner Ansicht nach besonders mürrisch dreinblickte, Folgendes an den Kopf: „Griesgram, Griesgram, was machst du für Sachen? Griesgram bring uns mal zum Lachen!"

Der oder die Auserwählte hatte nun die Aufgabe, alle anderen mit einem Witz oder Sketch fröhlich zu stimmen. Wir spielten acht Runden, dann wurde es langweilig. Lag vielleicht daran, dass ich fünfmal ausgewählt wurde, weiß der Himmel, warum. Da Witze erzählen nicht gerade zu meinen Stärken zählt, versuchte ich, Tiere nachzuspielen. Eine Eidechse, einen Fisch, ein Faultier. Bis ein Kind mir zurief: „Mach doch mal was Lustiges!"

Ich war genervt. Wenn mein feinsinniger Humor hier nicht verstanden wurde, dann war es wohl angesagt, mich zum Affen zu machen. Und siehe da, ich erzielte tatsächlich einen ersten Lacherfolg. Trotzdem wünschte ich mir das baldige Ende dieses geselligen Miteinanders herbei und atmete erleichtert auf, als das letzte Spiel angekündigt wurde: „Die Mumie". Es wurden Gruppen gebildet, die dann jemanden aus ihrer Mitte auswählten, der von den anderen in Klopapier eingewickelt werden sollte. Und zwar so schnell und gründlich wie möglich. Weil ich mich nicht mit Händen und Füßen dagegen wehrte, wurde ich von meinem Team zum Freiwilligen ernannt. Benno, die Mumie. Haha, sehr komisch. Die Kinder im Saal johlten, quietschten und kreischten vor Vergnügen! Was für ein lustiger Abend, Heiterkeit und Frohsinn, wohin man blickte. Abgesehen von ein paar mürrisch dreinblickenden Vätern und mir.

Für die meisten Männer ging es erst entspannter zu, als man sich später in der kleinen gemütlichen Kneipe des Seminarhauses wiedersah. *Puh, das hatten wir überstanden!* Und schon bald waren wir uns einig: Um sich besser kennenzulernen, benötigten wir Männer weder Ringelreihen noch irgendeinen anderen Mumpitz! Wir brauchten nur eine gemütliche Umgebung und ein frisch gezapftes Bier. Auf diese Weise lernte ich dann unter anderem Hans-Peter aus Gladbeck kennen, der sich über das bescheidende Pflegegeld, die mangelnde Unterstützung des Jugendamtes und das fehlende Verständnis der

Lehrer und Lehrerinnen für Problemkinder beklagte. Ähnlich aufschlussreich waren auch meine Gespräche mit Thorsten aus Unna. Er lobte die großzügigen Pflegegeldzahlungen, die intensive Beratung durch das Jugendamt und die hervorragende Zusammenarbeit mit den Pädagogen an den Schulen seiner Kinder. Spätestens nach dem vierten Pils wurde dann über alles Mögliche philosophiert, da gab es dann die ersten Monologe, die keinen bleibenden Eindruck mehr hinterließen. Außer vielleicht den, dass man nun wusste, wem man in den nächsten Tagen unbedingt aus dem Weg gehen musste. Mit dieser Erkenntnis begab ich mich zu Bett. Denn auf dem schwarzen Brett war für Samstagmorgen „Frühstück – 7.30 bis 8.00 Uhr" eingetragen und danach unter *Programmpunkte* ein sechsstündiges Pflichtseminar zum Thema „Braucht eine glückliche Kindheit strenge Regeln?". Damit war klar, ein erholsamer Schlaf hatte nun oberste Priorität.

„Mein Name ist Benno Weber, ich bin Ende vierzig, Fitnesstrainer und Hausmann. Ich lese gerne und treibe viel Sport. Was ich nicht mag, sind Vorstellungsrunden, wie diese hier."
Ein Raunen und Getuschel ging durch den kleinen Saal. Aber einer musste es der Kursleitung doch mal deutlich machen: Dass diese erzwungene Eigendarstellung niemandem etwas brachte, außer großen Stress. Ich bin je-

des Mal so aufgeregt und in Gedanken mit meiner eigenen Vorstellung beschäftigt, dass ich so gut wie nichts mitbekomme, von dem, was andere über ihre eigene Person mitteilen. Der Erste da vorne, hieß der jetzt Fritz oder Franz? Oder war Fritz der kleine Dicke aus der zweiten Reihe? Und woher kam diese Blondine in Bunt, aus Datteln oder aus Dorsten? Und ihre Hobbies waren ... sie waren... ja, sie waren von mir schon wieder vergessen worden!

Zum Glück wurde es am Abend gemütlicher, keine Vorträge, keine Spiele, stattdessen war *Grillen* angesagt. Die Kinder nutzten die Möglichkeit zum Herumtoben und tauchten nur noch sporadisch auf, um ein halb verkohltes Würstchen zu ergattern. Die Mütter saßen mehrheitlich in der Nähe des bunten Salatbuffets, die Väter bewachten das im Supermarkt erbeutete Fleisch auf dem Grill. Man wusste ja nie, ob nicht vielleicht irgendein hungriger Säbelzahntiger des Weges kam. Vorsichtshalber hatten sich alle Männer mit einer Flasche Bier bewaffnet. Ja, es wurde ein wirklich netter Abend. Selbst ich war gut drauf, weil als einzig übrig gebliebener Programmpunkt nur noch der sonntägliche Besuch eines Reiterhofs auf dem Plan stand. Das Beruhigende daran war: Reiten würden nur die Kinder, und zwar auf ausgewählten extrabraven Pferden, die aus Sicherheitsgründen zusätzlich noch von einem Erwachsenen am Zügel geführt werden sollten.

Nun, ich hatte kaum Erfahrung mit solchen Tieren, mal abgesehen vom Füttern mit Gras und einigen zaghaften Streicheleinheiten. Als Pferdeflüsterer war ich also vollkommen ungeeignet.

Dachte ich ... bis zum Sonntagmorgen, als mir klar wurde, dass ich derjenige sein sollte, der Leo auf einem Vierbeiner durch die Gegend ziehen würde. Da Susanne einen übergroßen Respekt vor Pferden hatte, Leo aber unbedingt reiten wollte, blieb mir keine andere Wahl. Unsere erste Aufgabe bestand nun darin, für Leo ein passendes Pferd zu finden.

„Wie wäre es denn mit diesem Pony hier, das sieht doch ganz niedlich aus ...“

„Nee, ist doch kein richtiges Pferd.“

„Okay, wir müssen aber einen Kompromiss finden, was Größe und Handling angeht.“

„Ja, ganz groß muss es sein, und so ein Händing soll es auch haben!“

Jau, datt wird nicht so einfach, dachte ich bei mir. Ein stämmiges, kleineres Pferd wurde uns von einer energischen Mutter direkt vor der Nase weggeschnappt, bei dem nächsten Kandidaten kam uns ein junges Mädchen zuvor: „Das nehm ich, das guckt so süß.“

Die Reihen lichteten sich allmählich.

„So Leo, du musst dich jetzt mal entscheiden, so langsam gehen uns hier die Hottehüs aus.“

Der Junge guckte, zögerte, hatte sich fast entschlossen, schwankte wieder und ging weiter bis zum nächsten Gaul. Schließlich waren alle Tiere vergeben, bis auf ein fleckiges Shetlandpony und ein braunes Pferd mit strubbeliger Mähne.

„Guck mal, das sieht doch ganz sympathisch aus, das könnten wir ...“

„Nein!“, unterbrach mich Leo und betonte noch einmal, dass er Ponys doof fand.

„Ja, unseren Braunen hier, den können Sie ruhig nehmen, das ist ein ganz Braver ...“, sagte der Tierpfleger und meinte damit: Was anderes ist nicht mehr im Angebot.

„Der ist schon etwas älter und manchmal ein bisschen eigenwillig, aber im Prinzip ganz friedlich und folgsam.“

Eigenwillig, was hatte das zu bedeuten?

Mir schwante Unheil.

„Er heißt übrigens Whiskey.“

Leo war begeistert, so ein großes Pferd, so ein toller Name! Ich dagegen fand einen Vierbeiner, der nach einem hochprozentigen alkoholischen Getränk benannt worden war, nicht besonders Vertrauen einflößend. Doch der Gaul glänzte durch absolute Gelassenheit, selbst als Leo auf seinen Rücken hinaufgehievt wurde und man mir die Leine in die Hand drückte.

Die anderen Paare waren bereits alle im Wald verschwunden, nur das Shetlandpony mit der Besatzung

187

Vater und Tochter trabte noch hinter uns her. Zu dritt trotteten Whiskey, Leo und ich gemächlich den Waldweg entlang, sehr gemächlich sogar, das Pony war uns bereits dicht auf den Fersen. Leo war bestens gelaunt, sagte ab und zu „Hü" und „Hott" und erklärte mir, dass er stolzer Besitzer eines Pferdeführerscheins wäre. Leider fehlte mir eine entsprechende Qualifikation, was mir schmerzhaft bewusst wurde, als unser vierbeiniger Freund ganz allmählich vom Weg abkam. Immer nur ein kleines bisschen, immer nur eine Winzigkeit nach links. Schielte das Tier oder war das ein raffinierter Plan von ihm? Ich versuchte, gegenzusteuern, doch es nutzte nichts. Das Pferd führte uns langsam aber sicher ins Unterholz. Das Pony dagegen trabte brav in seiner Spur und zog an uns vorbei.

„Soll ich Ihnen helfen?", rief der andere Vater herüber.

„Ach nein, vielen Dank, wir kommen schon klar. Wir lassen unserem Tier nur etwas mehr Freiraum, das ist doch viel artgerechter."

„Ja, dann, wenn das so ist ..."

Der Ponyführer schüttelte seinen Kopf und tuschelte mit seiner Tochter. Die beiden lachten, das Pony wieherte, dann entfernten sie sich allmählich ... Da trottet sie dahin, unsere letzte Rettung, dachte ich, und stellte mir schon die Schlagzeile des nächsten Tages in der örtlichen Presse vor: *Vater und Sohn verschollen – mit Whiskey im Wald!* Sah dieser Blick aus treuen Augen nicht glasig aus, war der Gang dieses Pferdes nicht unsicher? Vielleicht kamen wir deshalb vom Weg ab, weil der Gaul zu tief in seine Tränke geschaut hatte. „Whiskey" – oje, da hätte ich auch früher drauf kommen können! Wie hatte der Tierpfleger noch gesagt: ...ein ganz Braver. Haha, reingelegt, wer ist denn schon so dumm und nimmt ein Pferd, das übrig bleibt? Zwischenzeitlich versuchte ich unseren großen Freund seitlich aus dem Urwald hinauszuschieben, zurück in die Zivilisation, doch der Bursche weigerte sich.

„Wir reiten nicht mehr ...", stellte Leo besorgt fest.

„Ja, Leo, das kommt dir nur so vor, als würde gerade nichts passieren. In Wirklichkeit...", ich bemühte mich, Whiskey streng anzusehen, „... in Wirklichkeit fechte ich gerade mit diesem wilden Tier einen mörderischen Kampf aus."

Leo betonte, dass er einen Pferdeführerschein besaß.

„So, Whiskey, hör zu. Ich kann auch anders. Wenn ich erst mal böse werde... also reiz mich nicht."

Das Tier sah mich milde lächelnd an und begann das umgebende Farnkraut abzurupfen und genussvoll zu zerkauen.

„Das sage ich dir nun zum letzten Mal, du störrischer Esel, wenn du jetzt nicht gehorchst, dann ..."

„Was machen wir dann?", fragte mich Leo von oben herab. Eine berechtigte Frage.

„Nun, zuerst werde ich mal aus diesen Büschen rauskriechen, bevor ich sämtliche Zecken des Waldes anlocke. Und dann lassen wir Whiskey einfach eine Weile fressen, solange, bis er genug hat. Irgendwann wird er dann müde und wir haben leichtes Spiel."

Toller Plan, Benno, nur wie viele Zentner Farnkraut frisst denn so ein Gaul? Und in welcher Zeit? Na ja, besser Farnkraut als billiger Fusel. Positiv konnte ich auch vermerken, dass Leo die Ruhe behielt und nicht anfing, zu meckern oder zu jammern. Nur dieser Führerschein, den er soeben wieder einmal erwähnte, der nervte allmählich. Nach einer Weile fraß unser Brauner nur noch häppchenweise, und ich riskierte ein Ziehen der Zügel in die andere Richtung. Whiskey setzte langsam, Huf um Huf, zur Seite. Mutig geworden zog ich weiter und brachte das Tier tatsächlich dazu, eine halbe Drehung zu vollziehen. Dann schlurften wir ganz allmählich zurück.

„Yippie, wir reiten wieder!", feuerte uns Leo an.

„Ja, jetzt geht´s los, Leo, halt dich nur gut fest."

Während wir langsam heimwärts trotteten, lobte ich ausgiebig Leos exzellente Reithaltung und erklärte ihm – seiner Antwort zuvorkommend – dass ich natürlich erkennen konnte, dass er über eine entsprechende Qualifikation verfügen würde. Whiskeys Gang kam mir allerdings verändert vor, so als schwebten seine Hufe über dem morastigen Weg. Wie ein Dressurpferd auf Koks.

Weil uns Whiskey bereits nach wenigen Metern mit dem überzeugenden Argument einer Pferdestärke in den Urwald hineingezogen hatte, war von den anderen Vierbeinern noch nichts zu sehen.

„Wir sind als Erste zurück, Leo, ist das nicht toll?"

Der Junge überhörte meinen ironischen Unterton und zeigte sich ernsthaft begeistert über den ersten Platz im Zieleinlauf.

„Hatten Sie Probleme mit dem Tier?", fragte mich der Tierpfleger mit besorgter Miene.

„Och nö, eigentlich nicht ...", ich tätschelte großspurig den Hals „unseres" Braunen.

„Er hat doch nicht etwa vom Farnkraut gefressen, er guckt so komisch?"

„Ne, ne, da haben wir gut aufgepasst. Der war nur mal so ganz kurz am Knabbern."

„Okay. Ist auch besser so, denn Whiskey verträgt das Zeug nicht so toll, das gärt nämlich in seinem Magen. Dann ist er wie zugedröhnt oder besoffen davon. Deshalb hat er auch diesen verrückten Namen bekommen."

Bildete ich es mir ein oder kniff in diesem Moment unser vierbeiniger Junkie ein Auge zu? Sei´s drum. Trotz unserer kleinen Meinungsverschiedenheiten gab ich dem Gaul zur Verabschiedung noch einen Klaps.

Dann flüsterte ich in sein zuckendes Ohr: „So, Whiskey, die feine Art war das ja nicht, wie du dich in die Büsche

191

geschlagen hast. Aber wenn du nichts verrätst, wir können auch schweigen. Mach's gut, alter Schwede, und auf Nimmerwiedersehen."

Mit diesem Erlebnis endete unser Familienwochenende in Castrop-Rauxel. Und ich musste feststellen: Derjenige, der mich hier am wenigsten genervt hatte, war Leo gewesen. Dieser lebhafte Junge, der, wenn es ihm gut ging, laut und hemmungslos Lieder sang, fröhlich durch die Gegend hüpfte und gute Laune verbreitete. Der aber genauso die Ruhe genießen und sich stundenlang in ein dickes Buch vertiefen konnte. Als Wochenendfamilie waren wir prima miteinander ausgekommen. Und Frau Schmidt hatte recht behalten, ich war mir jetzt sicher, was zu tun wäre ...

17. Kapitel

Volltreffer

Zu düster, zu kalt hier oben, sagte ich mir.

Als ob es nur traurige Anlässe gäbe, sich hier im vierten Stock der Stadtverwaltung aufzuhalten. Das Zimmer 412 dagegen strahlte ein fröhliches „Willkommen" aus. Bilder und Fotos schmückten die Wände, grüne Pflanzen die Fensterbänke. Und mittendrin, Frau Schmidt, die Sozialpädagogin, die den kleinen Leo schon seit vielen Jahren betreute. Sie empfing uns in Jeans und Sweatshirt, mit einem Lächeln und frischem Kaffee. Ihre freundliche Art gab unserem Gespräch den Charakter eines Schwätzchens unter guten, alten Bekannten, und die Aufregung, die Susanne und mich bis hierhin verfolgt hatte, legte sich allmählich. Anfangs plauderten wir über ganz Alltägliches, dann ausführlicher über die Aspekte einer Pflegeelternschaft für Leo. Abschließend drückte uns Frau Schmidt ein mehrseitiges Antragsformular in die Hand und ergänzte: „Und bringen Sie bitte beim nächsten Treffen auch eine Kopie Ihrer Geburtsurkunden, ein Gesundheits- und Führungszeugnis und die Anmeldebestätigung des angesprochenen Pflichtseminars für Pflegeeltern mit."

Unsere staunenden Blicke ignorierend legte sie Susanne und mir zu guter Letzt noch den Vortrag des Kinderschutzbundes „Ich bekomme ein Pflegekind, was nun?" ans Herz. Bei der Verabschiedung meinte sie dann schmunzelnd, dass – nach Erledigung dieser paar Formalitäten – aus ihrer Sicht nichts gegen eine Bewilligung unseres Antrages sprechen würde.

Wieder daheim riefen wir Donna Rosa an. Ich hielt das Telefon auf Abstand, weil ich trotz der großen Entfernung das Gefühl nicht loswurde, von ihr umarmt zu werden.

„Ach, ist das schön ... ich freu mich so, ganz besonders auch für Leo. Der Junge redet immer so begeistert von Ihnen, der wird sich bestimmt riesig freuen."

Nun, ich war mir da nicht so sicher. Was, wenn der Junge uns in dieser Rolle ablehnen würde? Susanne versuchte meine Zweifel zu zerstreuen: „Wenn Leo nicht zustimmt, wird das eine frustrierende Angelegenheit für uns, trotzdem müssen wir den Versuch wagen. Wir verlieren nicht viel im Vergleich zu dem, was wir gewinnen können."

Am nächsten Abend saßen wir im Büro der Heimleiterin, jetzt kam es auf Leo an. Frau Frisch hatte uns freundlich empfangen, mit einem Lächeln, frischem Kaffee und belegten Brötchen. Doch obwohl sie sehr appetitlich aussahen, bekam ich keinen Bissen herunter. Donna Rosa dagegen futterte in aller Ruhe eins nach dem anderen und hatte prächtige Laune. War das nicht ein gutes Zeichen?

Susanne knuffte mich, ich sollte wohl die alles entscheidende Frage stellen.

„Frau Frisch, wir sind doch ziemlich aufgeregt und das Warten hier macht es auch nicht leichter. Jetzt mal Butter bei die Fische, wie hat sich Leo denn entschieden?"

Donna Rosa sagte nichts, kramte nur lachend ein Bild hervor, das Leo gemalt hatte. Sehr bunt, sehr naiv. Trotzdem erkannte man drei Personen, zwei große und eine kleine, die sich an den Händen hielten. Darüber stand in dicken Druckbuchstaben:

ICH FREU MICH DRAUF !

Wir waren gerührt. Donna Rosa, Susanne und ja ... auch ich. Natürlich wollten wir ihn noch begrüßen, unseren zukünftigen Pflegesohn. Leo lag schon im Bett, sagte nichts, strahlte uns nur an. *Was für ein entspanntes Gesicht, dachte ich, was für ein glückliches Kind! Für diese Momente müssten sich doch alle Mühen lohnen ...*

Ich knuffte den Jungen, Susanne herzte ihn. Das schien ihn zu ermutigen.

„Lest ihr mir noch was vor?"

Susanne und Steven, sein Zimmergenosse, fanden die Idee gut, ich nicht. An diesem Abend lief das Finale der Championsleague im Fernsehen, Bayern München gegen Real Madrid. Das Fußball-Highlight schlechthin. Gut, ein aufmerksamer Vater findet es natürlich wichtiger, Zeit mit seinem Sohn zu verbringen ... Vielleicht gab es hier irgendwo einen tragbaren Fernseher? Susanne hatte bereits ein Buch aufgeschlagen und begann daraus vorzulesen. Aber du lieber Himmel, was für ein Schneckentempo, da würde ich ja nicht einmal die zweite Halbzeit mitbekommen! Also bot ich mich direkt von der Reservebank als frischer Wechselspieler an, um zu beweisen, dass man so eine Geschichte nicht nur spannend, sondern vor allem auch flott vortragen konnte.

Dämliche Dämonen, was für ein alberner Titel!

Schien eine Art Gruselroman für Kinder zu sein. Damit mein Vortrag nicht langweilig wurde, bemühte ich mich um eine lebhafte Darstellung des jugendlichen Helden, sowie sämtlicher Dämonen und Monster. Da wurde auf Teufel komm raus gegrunzt, gespuckt, gestöhnt und geflucht, dass es eine wahre Pracht war! Meine drei Zuhörer waren begeistert, lachten zeitweise Tränen, rückten aber auch fröstelnd zusammen, wenn es mal wieder zu gruselig wurde. Nach jedem Abenteuer wurde ich zum Weiterlesen gedrängt, dabei lockte unser fröhlicher Lärm ständig neue Kinder in Leos Zimmer. Zum Ende des vierten Kapitels erschien Donna Rosa in der Tür und rief lachend: „So, Kinder: Hopp, hopp, zurück auf eure Zimmer. Waschen, Zähne putzen und Licht aus!"

Junge, Junge, was für ein spannender Leseabend, was für ein Spaß! Gut, das Topspiel im Fernsehen, das hatte ich verpasst. Allerdings keine Tore. Wie schrieb der Kolumnist am nächsten Tag: „Es war ein ausgesprochen taktisch geprägtes Spiel mit wenigen Höhepunkten. Gewonnen haben an diesem Abend wohl nur diejenigen, die Sinnvolleres zu tun hatten, als sich dieses langweilige Ballgeschiebe einiger lustloser Fußballmillionäre anzusehen."

Tja, da hatte ich wieder mal alles richtig gemacht ...

Zwei Tage später rief uns Frau Schmidt an, um uns mitzuteilen, dass nun von Amtswegen einer Pflegeelternschaft für Leo nichts mehr im Wege stünde.

Am darauf folgenden Samstag starteten wir drei unseren üblichen Wochenendausflug.

„Einmal die ermäßigte Familienkarte, bitte."

Stolz legte ich das Geld auf den Tisch. Da standen wir nun, zu dritt, im Eingang einer alten restaurierten Fabrikhalle. Hier war ein historischer Jahrmarkt aufgebaut worden, mit vielen kleinen Attraktionen, die wir mit unserer Eintrittskarte nutzen konnten. Zum Beispiel die mannshohe Schiffschaukel, die nun „Superloop" genannt wurde. Allein hineingetraut hatte ich mich da nie, obwohl ich Jahrmärkte durchaus faszinierend fand. Diese fremde Welt, die anziehend und erschreckend zugleich war. Menschenmassen, die sich durch enge Gassen schoben, überdreht und geschwätzig. Schausteller, wilde Burschen, die laut und aufdringlich ihre Attraktionen anpriesen. Und dann die vielen Leckereien und Düfte! Bratapfel, gebrannte Mandeln und Backfisch. Nicht zu vergessen die

Karussells, mit ihren flackernden Lichtern und der dröhnenden Schlagermusik. Die eher harmlos anmutende Schiffschaukel des historischen Jahrmarkts schien vor allem Familien mit kleinen Kindern zu begeistern, sie bildeten eine längere Warteschlange.

„Das können wir auch später noch machen", meinte Leo und zog uns zum nächsten Karussell, eine Raupe.

In der passiert nichts Spektakuläres, die Passagiere sausen nur im Kreis herum und ein wenig Auf und Ab. Leider hatte ich vergessen, dass man sich möglichst nicht nach außen setzt. Die Fliehkraft drückte mir nun jede Menge fröhlich juchzender Kilos in die Seite. Ich verspürte ein Ziehen im Brustkorb. Ein gezerrter Muskel vielleicht? Aber so etwas ist für gewöhnlich recht harmlos, das konnte ich getrost ignorieren ...

An der nächsten Kirmesbude forderte Leo uns eindringlich auf, Lose zu kaufen. Wir einigten uns auf eins pro Person, zogen aber leider nur Nieten. Leo schien persönlich beleidigt zu sein. Er zerriss die Papierlose in kleine Fetzen und tobte: „So ein Mist, ihr müsst viel mehr kaufen, dann gewinnen wir auch was!"

Ich klärte Leo darüber auf, dass ein durchschnittlicher Bürger hart für seinen verdienten Lohn arbeiten muss. Was den Jungen nicht sonderlich beeindruckte.

„Kauf ganz viele, dann gewinnen wir!"

„Gut, noch drei Lose, dann gibst du aber Ruhe, Leo."

Ein kurzes Nicken, dann riss der Bengel hastig die kleinen Papierrollen auf. Leo jubelte, diesmal war ein Gewinn dabei. Hundert Punkte, dafür durfte man sich ein kleines Stofftier aussuchen.

„Gibt´s nix anderes?", fragte mich Leo leise und machte große Augen.

„Gibt es nichts anderes?", fragte ich den Losverkäufer.

„Abba klar gibbet datt: Schlüsselanhänga, Aude Tolett, Schirme für inne Tasche ..."

„Dann will ich so einen Schirm!", sagte Leo mit Bestimmtheit.

„Was willst du denn damit? Nimm doch lieber so ein lustiges Stofftier", schlug ich vor.

„Ja, was will man denn mit einem Schirm, Benno? Also wirklich, was für 'ne Frage. Wenn der Leo sich das aussucht, dann geht das in Ordnung. Schließlich hat er gewonnen und nicht du."

„Ist ja gut, ist ja gut, von mir aus. Dann soll er sich eben einen Schirm nehmen."

„´Nen Knirps für den Knirps!"

Der Losbudenbesitzer überreichte Leo lachend seinen Gewinn. Nun wollte der Junge auch am Schießstand sein Glück versuchen. Ich hatte mich früher nie dorthin getraut, aus Sorge, mich zu blamieren. So jemanden nannten wir früher eine „Schissbuxe". Das wollte ich jetzt als Erwachsener aber nicht mehr sein.

„Einmal Korkenschießen für zwei Personen, bitte."

Sind zwar sechs Euro für die Katz, andererseits lernt das Kind auf diese Art, mit Niederlagen umzugehen, dachte ich mir, und schoss knapp daneben. Leo erging es nicht anders. Bis zu seinem dritten Versuch. Gerade hatte ich zu einem tröstenden Klaps angesetzt, als er mir ein lautstarkes „Jaaaa ...!" ins Ohr brüllte und seine geballte Faust in die Höhe streckte. Mit dem letzten Schuss ins Schwarze getroffen! Der Plastikring war tatsächlich auf dem Hals einer Rotweinflasche gelandet.

„Da hast du ja besser gezielt als dein Papa.", meinte die Frau hinter dem Tresen und reichte mir den roten Burgunder herüber.

Leo rief: „Ist mein Gewinn, meine Flasche!", und zerrte an meinem Arm, doch ich gab nicht nach.

Um einem weiteren Wutausbruch des Jungen zuvorzukommen, schlug ich Leo vor, ihm „seinen" Rotwein abzukaufen. Er verlangte zehn Euro, wir einigten uns auf fünf. *Wenn ich ihn leid bin, kann ich ihn bedenkenlos auf einem Basar oder Trödelmarkt aussetzen. Da wird er Karriere machen...* war mein spontaner Gedanke. Ich bat die Dame in der Schießbude, die Rotweinflasche bis zum Ende unseres Kirmesbesuchs aufzubewahren ...

Nächste Station: die alte Geisterbahn. Zusammengequetscht in einem wenig komfortablen Wägelchen machten wir uns auf den Weg. Das Tempo war gemächlich, es ruckelte, quietschte, jammerte, stöhnte und heulte. Überall lauerten Zombies, Monster und Trolle. Besonders eklig fand ich das riesige Spinnennetz, in das man völlig unvorbereitet hineinfuhr. Doch eine Sache war noch viel schauriger: Die schwarze, große, haarige Spinne, die für einen Augenblick vor unseren Nasen baumelte. Pfui Teufel! Dann, kurz vor der Ausfahrt gab es noch eine gelungene Überraschung: Ein echtes Monster! Schwarz gekleidet, gruselig geschminkt, so huschte es plötzlich aus einer Nische hervor und versuchte, uns am Kragen zu packen. Leo klammerte sich schreiend am Wagen fest, Susanne an mir, ich an meinem Sitz. Das Ungeheuer, angewidert von diesem Lärm, zuckte zurück. Allerdings zu langsam für Leo, der plötzlich aufsprang und dem Möchtegernzombie mit seinem Knirps mächtig eins über die Rübe zog. Zum Glück hatte uns im nächsten Moment der Rummelplatz zurück, die Türen öffneten sich, das Grauen hatte ein Ende.

„Mensch, Leo, das war aber heftig, wie du zugeschlagen hast. Der Typ ist sicher nicht gut auf uns zu sprechen. Wir kratzen besser mal die Kurve."

Ich zog Leo in Richtung Autoscooter, Susanne kam hinterhergehastet.

Im Zurückblicken sah ich, wie sich an der Geisterbahn ein Menschenauflauf bildete.

Scooter bin ich früher nur gefahren, wenn dort wenig los war und man in aller Ruhe seine Runden drehen konnte. Aber hier auf dem historischen Jahrmarkt herrschte ein wildes Gedränge.

„Düst ihr mal los, ich guck mir das Spektakel aus sicherer Entfernung an!", rief Susanne und verschwand in der Zuschauermenge.

Leo rannte los, einen Fahrchip zu besorgen. Wer den besaß, durfte seiner Meinung nach auch lenken. Warum denn nicht, dachte ich mir, so ein kleiner Junge fährt wohl eher vorsichtig und das sollte mir recht sein. Ja, ich freute mich sogar darauf, mit *meinem Sohn* gemeinsam in einem Scooter zu sitzen. Mein Vater hatte so etwas leider nie mit mir unternommen. Doch die Freude währte nicht allzu lange. Statt gemütlicher Runden war Crash angesagt. Eigentlich hätte statt Disco-Musik etwas von „Motorhead" oder „Spiel mir das Lied vom Tod" erklingen müssen. Wumms! Leo rammte unser rasendes Cabrio in die Seite eines kleinen Oldtimers, den sich ein älterer Herr wohl in der Hoffnung auf eine ruhige Fahrt ausgesucht hatte. So kann man sich täuschen. Und... rumms! Von hinten aufgefahren, doch der Junge in dem Wagen vor uns grinste nur. Ich hatte genug Spaß gehabt und wäre gerne ausgestiegen, doch als Fußgänger wäre ich hier sicher zum Freiwild erklärt worden. Also versuchte ich, Leo ins Steuer zu greifen, doch er schlug mir auf die

Finger und wehrte meinen Übernahmeversuch erfolgreich ab. Dann wirbelte er plötzlich das Lenkrad herum, wir drehten uns um die eigene Achse und ... wurden zu Geisterfahrern! Aber nur für kurze Zeit. Dann erfolgte der unvermeidliche Zusammenstoß, Krawumm! Ich hatte Mühe, nicht aus dem kleinen Elektroauto zu fallen. Die beiden Mädchen im anderen Wagen erlitten wohl just im gleichen Moment eine Gehirnerschütterung, wie sonst ließ es sich erklären, dass sie vor Vergnügen kreischten und lachten. Ich wurde das dumme Gefühl nicht los, nur der Teil eines Computerspiels zu sein: „He, he, he, Benno, der Depp, kriegt mal wieder voll was auf die Schnauze, echt zum Ablachen! Aber der hat ja noch ein paar Leben, da brauchen wir uns keine Sorgen zu machen."

Doch zu meinem Glück währte dieses zweifelhafte Vergnügen nicht mehr allzu lange. Es trötete, ein paar Funken blitzten noch im Stromnetz über uns, dann war die Höllenfahrt zu Ende. Auf zur nächsten Runde. Dachte sich zumindest Leo. Der Eintrittspreis für die Karussellfahrten war schließlich in der Tageskarte inbegriffen. Aber ohne mich. Ich schlurfte auf die Holzplanken, jetzt taten mir nicht nur der Brustkorb weh, sondern auch der Rücken. Wir ließen Leo noch eine Weile gewähren, dann zogen wir weiter. An der nächsten Ecke bot uns eine Wahrsagerin in einem buntverzierten Bauwagen ihre fragwürdigen Dienste an. Susanne und Leo versuchten, mich zu einem Besuch der Dame zu überreden.

„Ach nee, was soll ich denn da? Geht ihr doch da rein, wenn ihr das so toll findet. Aber fragt die nicht nach dem Wetter, das kann ich euch auch vorhersagen: Heute und morgen wird´s sonnig und trocken. Sie werden keinen Schirm benötigen, höchstens etwas Sonnencreme."

Meine Begleiter nannten mich einen Spielverderber. Wir einigten wir uns schließlich darauf, das Geld nicht in die Wahrsagerei, sondern in ein stattliches *Familienfoto aus Kaisers Zeiten* zu investieren. Susanne wurde in ihrem historischen Kleid zur feinen Dame, wir im Anzug zum staatlichen Herrn und braven Buben. Ein tolles Andenken, da waren wir uns dieses Mal einig! Zum Abschluss des Jahrmarktbesuches gönnten wir uns noch einen „Backfisch auf die Hand".

„Lasst uns doch schon mal gemütlich in Richtung Ausgang schlendern ...", schlug ich vor, um mit unserem heißen und fettigen Fisch dem Kirmesgewühl zu entgehen.

Doch kaum waren wir aufgebrochen, da rief eine Stimme hinter uns: „Hallo Sie, warten Sie mal!"

Verdammt, hatten uns die Burschen von der Geisterbahn doch noch erwischt? „Nicht umdrehen, Leute. Schneller gehen, in Richtung Ausgang!" Ich zog Leo und Suse vorwärts, doch nach wenigen Schritten hatte uns die Stimme eingeholt.

„Warten Sie doch bitte!"

Ein etwas aus der Puste geratener, kräftiger junger Bursche baute sich bedrohlich vor uns auf. Ich setzte ein grimmiges Gesicht auf und ballte die Fäuste. Kampflos würde ich meine Familie nicht preisgeben!

„Sie haben Ihre Weinflasche vergessen."

Erleichtert nahm ich unsere Trophäe in Empfang und bedankte mich bei dem jungen Mann für die Mühe, die er sich gemacht hatte. Nun schleppten wir also unseren Backfisch, einen Schirm, eine Flasche Rotwein und ein tolles Foto als Andenken mit zum Ausgang. Außerdem hatten wir Spaß gehabt und uns dabei wie eine richtige Familie gefühlt. Unser Jahrmarktbesuch war ein anstrengender, aber auch gelungener Ausflug geworden ...

Als wir vor die Tür traten, bereute ich, die Wahrsagerin nicht besucht zu haben. Denn trotz anderslautender Wetterprognose goss es in Strömen. Ich trug eine sehr modische, aber auch sehr dünne Baumwolljacke, die weder wasserfest war, noch eine Kapuze besaß. Leo dagegen klappte in aller Ruhe seinen Taschenschirm auseinander. Susanne stellte sich flugs mit unter seinen Regenschutz, damit war klar, ich, der Ignorant mystischer Weissagungen, hatte die Arschkarte gezogen! Nur ein einsames Püppchen im meteorologischen Vorwaschgang. Das soeben klatschnass wurde. *Hm ... der Parkplatz war nur fünf Minuten entfernt, wenn ich jetzt losrennen würde?*

Aber den Autoschlüssel hatte Susanne, war ja schließlich auch ihr Auto.

„Hey, Benno, bleib doch mal stehen!"

Okay, stehen bleiben, warum denn nicht, es schüttete ja nur wie aus Eimern ...

„Komm doch mit unter den Schirm, Benno. Wir machen dir Platz."

„Dann werden wir aber alle drei nass, Susanne."

„Ja, aber alle nur ein bisschen. Ist auf jeden Fall besser, als wenn du da wie ein begossener Pudel rumläufst. Außerdem sind wir doch ein Team, wir halten zusammen, was Leo?"

„Das ist mein Schirm, den hab ich gewonnen."

Hatte ich es nicht geahnt, jetzt kam die Retourkutsche.

„Ihr dürft aber mit unter meinen Schirm, wir halten doch zusammen."

„Danke. Ist doch viel netter mit euch unter diesem Knirps, als alleine im Regen zu stehen."

Merkwürdig, auf einmal wurde es gemütlich, zu dritt unter einem viel zu kleinen Taschenschirm. Der Regen erschien mir plötzlich nicht mehr unfreundlich und kalt, sondern fröhlich und erfrischend. Und seine dicken Tropfen prasselten nicht übellaunig vor sich hin, sondern tanzten ausgelassen auf dem glänzenden Asphalt.

18. Kapitel
Über den Wolken

Eine fröhliche Familie beim Picknick, mitten im Grünen ... diese idyllische Szenerie, war das der Set für irgendeinen Werbefilm? Nein, denn tatsächlich waren wir die Hauptdarsteller dieser Szene: Susanne, Leo und ich. Junges Familienglück mit drei Akteuren.

Unser Wochenendausflug an diesem wunderschönen Herbsttag: ein schlichtes Picknick im Park. Zusammen mit einem Buch, einigen Comic-Heften und der Tageszeitung lagen wir gemütlich auf unserer Decke. Kühle Drinks und was zu Futtern inklusive. Wir ließen es uns gut gehen, denn Susanne und ich hatten wahrhaftig eine anstrengende Woche hinter uns gebracht. In der wir alles mögliche erledigt hatten. Eine Begründung formuliert, warum gerade *wir* uns für geeignet hielten, Leos neue Pflegeeltern zu werden. Eine Erläuterung, warum unsere Bewerbung ausschließlich nur für dieses und kein anderes Kind gelten sollte. Bestätigungen und Zeugnisse herbeigeschafft. Anträge auf Ummeldung und Namensänderung gestellt. Und Leos erneuten Schulwechsel vorbereitet. Das Lehrerkollegium beratschlagte, ob es sinnvoll wäre, den Jungen in seine alte Klasse zurückkehren zu lassen. Dann traf man eine unbürokratische Entscheidung: Leo durfte heimkehren in seine geliebte 4b, in der Susanne die Klassenlehrerin war ...

Etwa zur gleichen Zeit begannen wir mit der Planung des Kinderzimmers, denn Leo wollte natürlich so schnell wie möglich bei uns einziehen. Noch wohnte er, mit Ausnahme der Wochenenden, im Kinderheim. Ja, und so ganz nebenbei mussten wir uns auch Gedanken machen, wie man Nachbarn, Bekannten und Verwandten diesen Familienzuwachs erklären sollte. Fest stand nur, dass wir Susannes Eltern in Kürze aufklären mussten. Doch wie würden sie reagieren? Auf einen Enkel aus heiterem Himmel, in diesem Falle dem Kinderheim Herne-Süd. Wir waren etwas verunsichert, denn schließlich waren es Magda und Karl-Heinz gewesen, die uns vor einer engeren Bindung zu diesem „Heimkind" gewarnt hatten ...

„Wir wollen dich und Papa zur Griechin einladen, den Grund dafür verraten wir euch aber erst bei unserem Treffen ...", so hatte Susanne es ihren Eltern am Telefon angekündigt.

Zehn Minuten vor dem vereinbarten Termin betraten meine Frau und ich das Restaurant. Magda und Karl-Heinz saßen bereits am reservierten Tisch.

„Wir haben euch ja eine Überraschung versprochen ...", begann Susanne noch etwas zögerlich.

„Wir sind auch beide total gespannt, ne, Karl-Heinz." Magda stupste ihren Mann an, er räusperte sich.

„Tja, was soll ich sagen ...", Susanne zupfte an ihrer Nasenspitze.

„Ihr habt ja mitbekommen, dass wir an den Wochenenden mit Leo oft was unternommen haben. Für mich war er ja schon ein alter Bekannter, weil er mein Schüler gewesen ist. Aber nun hat Benno ihn auch kennengelernt und ist ganz meiner Meinung: Der Leo ist ein liebenswerter und aufgeweckter Bursche. Gut, um es kurz zu machen: Wir drei sind der Meinung, dass wir sehr gut zueinanderpassen, und deshalb haben Benno und ich beschlossen, die Pflegeelternschaft für Leo zu beantragen." Susanne lächelte bemüht, ihre Eltern nicht mehr.

„Oh je!", rief Magda und trommelte dabei mit ihren Fingern auf der Tischdecke herum.

„Nee, ne ...", protestierte jetzt auch Karl-Heinz, dessen entsetzter und ungläubiger Gesichtsausdruck soeben eingefroren war.

„Das kann doch nicht wahr sein!", ergänzte er noch, bevor er sich für den Rest des Abends in Schweigen hüllte. Magda dagegen begann nun damit, kleine Monologe zu führen. Während wir auf den Salat warteten, murmelte sie: „Ich hab das ja schon geahnt, so was ..."
Zwischen grünen Blättern und geriebenen Karotten klagte sie: „Und der Karl hat immer gesagt: ‚Nein, so was Dummes machen die doch nicht' ".

Und etwas später, beim Zerteilen ihres Putensteaks: „Wenn das man gut geht."

Mein Schwiegervater stocherte lustlos in seinem üppigen Grillteller herum. Das Thema ganz war ihm offensichtlich auf die Leber geschlagen. Die, wie so vieles andere, unberührt auf dem Teller liegen blieb ...

Als der Kellner ihn fragte, ob es ihm etwa nicht geschmeckt hätte, knurrte er: „Doch, natürlich hat es geschmeckt!", was aber so unfreundlich klang, dass sich die Chefin des Lokals genötigt sah, höchstpersönlich an unserem Tisch zu erscheinen, um sich nach seinem Wohlbefinden zu erkundigen. Weil Karl-Heinz aber nun so grimmig dreinblickte, dass man eine unhöfliche Antwort befürchten musste, kam Magda ihm zuvor und begründete seinen Appetitverlust mit einer akuten Magenverstimmung. Daraufhin wurde uns – natürlich auf Kosten des Hauses – noch eine zusätzliche Runde Ouzo kredenzt. Mein Schwiegervater trank nicht nur den, sondern auch die zwei von Magda, obwohl meine Schwiegermutter für gewöhnlich den Anisschnaps zu mir hinüberschiebt und das in schöner Regelmäßigkeit, weil ich der „Walking-Man" bin, der Mann ohne Führerschein und Auto.

An unserem Tisch herrschte nun Eiszeit. Schweigen. Irgendwo fiel ein Messer zu Boden, vom Nachbartisch schallte ein Lachen herüber. In der Ferne ein jammernder Grieche, begleitet von traurig klingenden Gitarren.

Draußen rauschte eine Straßenbahn vorbei. Dann begann Susanne zu erzählen und beschrieb einige der Abenteuer, die ich in den Wochen zuvor mit Leo erlebt hatte. Glücklicherweise brachten diese kleinen Anekdoten Magda zum Schmunzeln und die Lage entspannte sich ein wenig.

„Da habt Ihr uns einen schönen Schreck eingejagt, ich hoffe nur, dass Ihr euch das gut überlegt habt … "

Wir erklärten ihr, wie sich alles entwickelt hatte und wie es zu unserer Entscheidung gekommen war.

Zu guter Letzt machte Susanne ihren Eltern noch ein versöhnliches Angebot: „Weil ich für meine Klasse einen Segelkurs gebucht habe, bin ich in der nächsten Woche mit den Kindern an jedem Tag unten am Kemnader See. Wenn ihr Lust habt, dann kommt doch einfach mal vorbei, um euch den Leo aus der Ferne anzusehen. Ihr werdet staunen, was das für ein netter Junge ist."

Magda guckte nun etwas freundlicher.

„Ja, wir denken darüber nach. Jedenfalls wünschen wir euch viel Glück für alles."

Wir waren erleichtert, denn das klang doch wieder versöhnlicher. Nur Karl-Heinz, der machte weiterhin ein grimmiges Gesicht und strafte uns mit Schweigen.

Als er kurz darauf den Tisch verließ, um die Mäntel zu holen, beugte sich Magda flüsternd zu uns vor: „Dem Karl dürft ihr das nicht so übel nehmen, der hat eben überhaupt nicht damit gerechnet. In den letzten Wochen habe ich das mal angedeutet, von wegen Adoption und so, da hat er mich für verrückt erklärt, weil er meinte, dass ihr so etwas im Leben nicht machen würdet, mit so einem Kind, das wahrscheinlich irgendeinen Schaden hat. Na, deshalb ist er jetzt erst einmal geschockt, aber der kriegt sich schon wieder ein. Ich kenne doch meinen Karl, dem müsst ihr nur etwas Zeit geben, dass er sich an den Gedanken gewöhnen kann, ‚Opa zu werden‘. Das wird schon wieder!"

Der kärgliche Rest meiner Verwandtschaft besteht nur noch aus zwei älteren Schwestern. Die rief ich am darauf folgenden Tag an, um ihnen die Neuigkeit mitzuteilen. Die beiden schienen sich ehrlich für uns zu freuen. Überhaupt waren es vor allem Frauen, die ihre Freude und Rührung nicht verbargen. Von ihren Kolleginnen wurde Susanne herzlich gedrückt und mit Marie, ihrer besten Freundin, vergoss sie sogar ein paar Freudentränen. Unrühmliche Ausnahme war wieder mal Tante Hedwig aus Castrop-Rauxel, aber die alte Meckerziege hat grundsätzlich Bedenken gegen alles und jeden.
Die Männer dagegen gratulierten mir überwiegend wohldosiert, man klopfte mir auf die Schulter, für diesen, wie man fand, durchaus mutigen Schritt. Doch neben Bewunderung hörte man auch immer eine Spur Mitleid oder Besorgnis heraus. Ein Pflegesohn riss niemanden zu Begeisterungsstürmen hin. Schon gar keiner, der bereits

knapp zehn Jahre alt war und so eine Vorgeschichte mitbrachte. Klaus, ein alter Lauffreund von mir, fügte seinem gemurmelten Glückwunsch noch hinzu: „Und wenn das schiefgeht mit diesem Jungen, kann man den dann wieder zurückgeben?"

„Nein!", sagte ich mit Entschlossenheit.

„Der Leo bleibt jetzt für immer, ein Umtausch ist ausgeschlossen."

Mein relativ unbeschwertes und kinderloses Dasein, um das mich vor allem die Familienväter beneidet hatten, neigte sich nun ohne Zweifel dem Ende zu. Dafür würde es aber andere Momente geben, so wie diesen hier im Park. Es war wirklich ein schöner Tag: strahlende Sonne, ein leichter Wind, ein buntes Meer von Herbstlaub, entspannte Eltern und ein friedliches Kind. Nur ein Van mit Anhänger, der in diesem Augenblick knirschend über den Fußweg ruckelte, störte ein wenig die Idylle. Am hinteren Ende der Wiese hielt er an, zwei Männer und ein Pärchen stiegen aus und begannen damit, den Anhänger sorgfältig zu entladen. Teile eines großen Flugballons kamen zum Vorschein, Hülle, Korb und ein Brenner. Dann noch eine Art Riesenföhn, mit dessen Hilfe man unter lautem Rauschen Luft in die bunte Haut des Ballons blasen konnte.

„Kann ich da mal gucken?", fragte Leo, der sein Comic-Heft beiseitegelegt hatte.

„Ist okay, aber nicht zu nah rangehn."

Das war wirklich eine spannende Geschichte, ich konnte den Jungen nur zu gut verstehen.

„Benno, kannst du mal kurz ein Auge auf Leo werfen, ich spazier mal ´ne Runde durch den Park, ja?"

So allein gelassen, konnte ich mich nun in aller Ruhe über die Vorräte hermachen... Doch mein Arm wurde plötzlich schwer, viel zu schwer, um die Kühlbox zu öffnen. Alles an mir wurde träge und wollte sich an den Boden schmiegen. Vielleicht sollte ich für einen Moment die Augen schließen, nur so ein bisschen duseln ...

Ich schreckte hoch, war ich eingeschlafen? Stille. Nirgendwo Menschen. Der Heißluftballon war jetzt prall gefüllt, sein Korb schwebte ein kleines Stück über der Erde und wurde vom Wind hin- und hergeworfen. Unglaublich, niemand bewachte den Ballon, wie konnte man nur so verantwortungslos sein? Da, eine kleine Hand am Rande des Geflechts, sie zog eines der Halteseile aus seiner Verankerung.

„Hallo! Ist da jemand im Korb?", rief ich aus sicherer Entfernung hinüber. Jetzt kam ein Kopf zum Vorschein, der von innen über den Korbrand lugte. Ein Kind, das lachte und mir fröhlich zuwinkte ...

„Himmel noch mal, Leo, was machst du da im Ballon? Komm sofort da raus!"

„Hier ist es ganz toll, wie in einem Karussell."

Eine Windböe hob den Heißluftballon an und spannte das letzte Sicherungstau, das sich zu lösen begann.

„Leo?", der Junge war nicht mehr zu sehen.

Hatte sich wohl einfach hingesetzt und ignorierte mein Rufen. Ich hastete nach vorn, doch im gleichen Moment, in dem ich zugreifen wollte, riss das Seil aus der Verankerung! Im letzten Augenblick bekam ich das Tauende zu fassen, jetzt war ich es, der den Ballon am Boden festhielt. Im Korb hörte man Leo um Hilfe rufen, ich brüllte ihm zu: „Halt dich fest, Leo, ich hol dich da raus!"

Doch der übermütig gewordene Riese lachte nur hämisch über meine Bemühungen und setzte sich in Bewegung. Das fauchende Ungetüm zerrte mit aller Macht, hob mich hoch, um mich kurz darauf wieder fallen zu lassen und ein Stück über den Rasen zu ziehen. Dann hob der Ballon endgültig ab, schwebte über der Erde und ich spürte: Jetzt musste ich mich entscheiden, festhalten und mitfliegen oder abspringen, um mich selber in Sicherheit zu bringen. Über mir hörte ich Leo schluchzen und irgendwo in der Ferne Susannes Stimme, die nach mir rief: „Bennooo ... !"

Ich wälzte mich auf dem Boden, war ich abgesprungen? Da war wieder ihre Stimme, doch dieses Mal viel näher: „Benno? Werd mal wach, du träumst gerade."

Ich schlug die Augen auf und sah in das besorgte Gesicht meiner Frau, die neben mir auf der Decke saß. Blinzelnd blickte ich zum Heißluftballon hinüber. Festgezurrt und friedlich, so stand er immer noch an seinem Platz. Leo saß in einem respektvollen Abstand auf der Wiese und beobachtete die Startvorbereitungen. Erleichtert atmete ich auf. Jetzt ging das Pärchen an Bord, der Pilot half ihnen beim Einstieg, dann wurden mit Sorgfalt die Seile gelöst. Wahrscheinlich war es ein junges, verliebtes Paar, dem man einen Ballonflug geschenkt hatte. Der aufgeblähte Riese hob langsam ab, alle am Boden winkten dem Ballon zu, die Leute im Korb wedelten mit weißen Tüchern zurück und lachten fröhlich. Dann stieg er über die Wipfel der Bäume empor, immer schneller, immer höher, bis er nur noch ein kleiner Punkt am Horizont war.

„Jetzt fliegt er davon", stellte Leo bedauernd fest.

„Wo der wohl hinfliegt?"

Susanne blickte dem Ballon nachdenklich hinterher.

„Ganz weit, bis über die Wolken ...", meinte Leo. „Wir können uns ja hinlegen und nach oben gucken, dann fliegen wir einfach mit", lachte Susanne fröhlich.

„Ja, wir fliegen mit!", rief Leo begeistert und klatschte in die Hände. Wir rückten enger zusammen und blickten in den endlosen Himmel über uns.

19. Kapitel

Eisfüße

Er rannte wie ein übermütiger Hund auf die Brandung zu, stoppte, machte kehrt und flüchtete vor den tosenden Wellen an den höher gelegenen Sandstrand. Ein kleiner Junge, der zum ersten Mal in seinem Leben dem Meer begegnete. Nachdem er die Angst vor dessen Urgewalt abgelegt hatte, tobte er begeistert durch das Wasser.

„Leo, du bist zu weit draußen, komm mal zurück!"

Zu spät. Eine der größeren Wellen warf ihn fast um, seine Hose wurde pitschnass und in seinen Stiefeln stand das eiskalte Nordseewasser.

„Ich will noch nicht zurück, nur noch ein paar Minuten."

„Ach, Leo, doch nicht mit so nassen Füßen."

„Bitte, noch ein bisschen ...", bettelte Leo und klammerte sich an mich.

Eine Umarmung, dachte ich gerührt, versuchte aber trotzdem, mich zu befreien. Leo hielt mich eisern fest und ich durchschaute seine Absicht erst, als die Welle gegen meine Beine und in die Stiefel schwappte.

„Haha, jetzt hat dich das Meer auch erwischt!"

Ja, Kinder sind öfter mal schadenfroh. Trotzdem sind ihr Lachen und ihre Fröhlichkeit ansteckend, man muss einfach mitlachen. Wen kümmern schon Eisfüße?

217

Vor ungefähr einem halben Jahr war Leo bei uns eingezogen. Bei der Einrichtung des Kinderzimmer hatte er fleißig mitgeholfen. Vor allem das Streichen der Wände gefiel ihm, auch wenn das Resultat nicht dem entsprach, was Karl-Heinz sich vorgestellt hatte. Aber bei meinem Schwiegervater genoss unser Sohnemann sowieso Narrenfreiheit, denn Karl-Heinz hatte ihn ratzfatz in sein Herz geschlossen. Genauso wie Magda, die den Jungen nach Strich und Faden verwöhnte. Na egal, wir waren einfach nur froh, dass sich die Dinge so zum Vorteil entwickelt hatten.

Ansonsten hatte sich mein Leben kaum geändert ...

Alles war wie früher. Wie so was möglich ist? He, he, reingefallen! Natürlich wird mit einem Kind alles anders. Aber wirklich anders! Das fängt schon in der Wohnung an. Mein kleiner Wohnzimmer-Kinosaal zum Beispiel. Der wurde mir nichts dir nichts in das neue Arbeitszimmer umgewandelt. Und ging dabei unter in einem Meer von Büchern, Kartons, Ordnern und Fachzeitschriften. Ganz zu schweigen von den prall gefüllten Taschen und Beuteln, die ebenfalls dort zwischengelagert wurden und dabei scheinbar keinem anderen Zweck dienten, als einem regelmäßig Beinchen zu stellen. Und weil Lehrer – was die meisten Menschen gar nicht ahnen – auch abends arbeiten dürfen, wird mein Film- und Fernsehprogramm ab sofort zeitlich begrenzt. Spätfilm, ich

218

komme! Ist aber kein großes Problem für mich, denn zu einem früheren Zeitpunkt habe ich noch gar keine Gelegenheit fernzusehen. Zuvor muss ich nämlich Leo davon überzeugen, dass Hausaufgaben nicht weniger werden, wenn man ihre Existenz verleugnet. Und dass Obst und Gemüse viel gesünder sind als Schokolade, Cola und Chips. Dass *Zähne putzen* kein Wunschprogramm ist. Dass getragene Wäsche nicht besser riecht, wenn man sie gleichmäßig in seinem Zimmer verteilt. Dass Fernsehzeiten keine Verhandlungssache sind, sondern immer dem Diktat der Erwachsenen unterliegen.

Außerdem findet ein müder Vater natürlich nichts unterhaltsamer, als seinem Sohn spätabends noch eine Donald-Duck-Geschichte vorzulesen oder ihm zur Entspannung die Füße zu massieren. Danach knipse ich die Kinder-Notbeleuchtung an und stelle den Fernseher auf Kopfhörerbetrieb um, und schwupps, schon hab ich Feierabend! Gegen Mitternacht sinke ich dann erschöpft in den wohlverdienten Schlaf. Doch der hält meistens nicht lange an, weil ein träumendes Kind schon mal um Hilfe schreit, schlafwandelt oder als kleines Gespenst vor dem eigenen Bett auftaucht. Einen dabei fast zu Tode erschreckt und dann das elterliche Bett ohne viel Federlesen in Beschlag nimmt. Was einer erholsamen Nacht nicht dient, weil man fortan geboxt oder getreten wird. Zur Belohnung darf ich dann früher aufstehen, weil ich nun ein Frühstück für drei vorbereiten muss. Wobei einem neunjährigen Jungen ein Berg aus Schoko-Cornflakes als Mahlzeit schon genügen würde, was man aber keineswegs tolerieren darf. Diesen ersten Morgenstress würze ich zusätzlich mit regelmäßigen Zeitansagen, weil Kinder im vierten Schuljahr scheinbar die Uhrzeit noch nicht sicher ablesen können ... oder wollen. Ja, und so geht es den ganzen Tag. Vieles in meinem Leben hat sich geändert, oft nur ganz banale Dinge, wie zum Beispiel der Einkauf im Supermarkt. Die neue Ernährungsvielfalt. Neben Gesundem gibt es nun auch süßen Stuten, Vanillepudding mit Sahne, Fruchtjoghurt mit Schokokugeln. Das Ausschlafen am Wochenende gelingt uns inzwischen besser, weil wir uns an die Geräusche im Morgengrauen gewöhnt haben. An das Knarren der Küchentür und das leise Quietschen des Schrankes, in dem Süßigkeiten und Chips zu Hause sind. Und an die quäkenden Stimmchen der Zeichentrickfiguren im Kinderkanal.

Oder an die Musik aus Leos Handy. Da bin ich schwer hinterm Mond, wie er meint, weil ich mit meinem Mobiltelefon tatsächlich nur telefoniere. Aber so lernt man auch selbst noch etwas dazu. Nicht nur im Bereich Computer und Technik. Zum Beispiel ernähre ich mich jetzt gesünder, jeden Tag kommt ein bisschen Obst oder Gemüse auf den Tisch, ich will ja schließlich Vorbild sein. Unterhaltsam sind auch die gemeinsamen Spieleabende, selbst wenn Leo noch lernen muss, dass verlieren keine Schande ist. Unsere Ausflüge sind seltener geworden, aber immer noch aufregend. Inzwischen bin ich ein Kenner sämtlicher Tiergärten des Ruhrgebiets. Auch die jeweils aktuellen Trickfilme im Kinoprogramm könnte ich ohne Zusatzjoker benennen. Nun, ehrlich gesagt, eine Liste der Veränderungen in meinem Leben wäre seitenlang. Alles wird intensiver und verrückter mit einem Kind. Begeisterung und Spaß genauso wie Zorn und Traurigkeit.

Ja, ich muss zugeben, dass ich mir zuvor nicht so viele Gedanken gemacht habe und nun manchmal überrascht bin, wie anstrengend es ist, ein „guter" Vater zu sein. Ab und zu geht es auch mal was schief, ich schreie oder schimpfe und verhalte mich ungerecht. Aber dann bin ich mit mir selbst auch unzufrieden. Leo geht es, glaube ich, oft ähnlich wie mir. Seine Wutanfälle sind immer noch beeindruckend, werden zum Glück aber seltener. Manchmal hat er jetzt sogar Skrupel, eine Märchengeschichte zu erfinden, wenn er erklären soll, warum er zu spät nach Hause gekommen ist oder seine Hausaufgaben nicht gemacht hat. Alles in allem sind wir wahrscheinlich auf dem Weg zu einer ganz normalen Familie, mit all den Höhen und Tiefen, die das Leben so mit sich bringt.

Ob ich irgendetwas bereue? Nein, denn dafür gibt es einfach zu viele gute und schöne Momente in unserem Familienleben. Ich bin stolz, der Vater dieses Jungen zu sein, der so viele tolle Eigenschaften besitzt, aber natürlich auch ein paar Macken. Wer hat die nicht?

Übrigens habe ich gerade damit begonnen, unsere gemeinsamen Abenteuer in Stichworten aufzuschreiben. Als Erinnerung für Susanne, Leo und mich. Eine kleine, aber ganz ungewöhnliche Familiengeschichte. Und, wer weiß ... vielleicht erzähle ich sie irgendwann auch Freunden und Bekannten. Vielleicht sogar euch ...

Nachwort

An dieser Stelle möchte ich mich noch einmal ganz besonders bei denen bedanken, die mir das Schreiben dieses Romans überhaupt erst möglich gemacht haben:
Bei meiner lieben Frau für ihre große Geduld und ihren unerschütterlichen Glauben an mich. Bei meinem Sohn für die konstruktive Mitsprache und sein Einverständnis zur Veröffentlichung. Und last but not least bei meiner Schwester für ihre wertvolle, fachliche Expertise.

Diese neue Version von „Papa-Probetraining" war mir ein besonderes Anliegen. Denn mit den Jahren bemerkte ich durch die positiven Rückmeldungen der Leser*innen und Reaktionen der Zuhörer*innen bei meinen Lesungen, dass mir eine sehr unterhaltsame und gleichzeitig berührende Geschichte gelungen war. Trotzdem musste ich resümieren, dass neben der ungenügenden Vermarktung des Romans (durch einen großen Buchverlag) auch dessen ursprüngliches Lektorat mangelhaft gewesen ist.

Nun liegt eine überarbeitete und lesefreundlichere Version vor, in der ich den humorvollen Grundton beibehalten habe. Auf die vereinzelte Kritik, dass mein Roman die Probleme und besonderen Umstände einer Pflegefamilie nicht ausreichend würdigen und zu heiter darstellen würde, antworte ich: Es war nie meine Absicht eine reale Bestandsaufnahme dieses komplexen Themas abzubilden, sondern „nur" meine ganz persönliche Geschichte. Ich beschreibe in meinem Buch mit Augenzwinkern und einer Portion Selbstironie, wie ich mich darauf einlasse, mein bequemes Leben einzutauschen gegen das gewöhnliche Chaos und Abenteuer im Zusammenleben mit einem Kind. Es ist eine überwiegend humorvolle Geschichte geworden.

Herzlichst Ihr Ben Weber

Ben Weber ...
wurde 1958 in Essen geboren und ging dort auch zur Schule. Nach dem Abitur folgten Bundeswehr und Studienzeiten in Bochum und Dortmund. Im Jahr 1991 schloss er dann noch eine therapeutische Ausbildung ab. Er lebt und arbeitet derzeit in Bochum und ist seit 2010 auch als Schriftsteller tätig. Ben Weber ist verheiratet, hat einen erwachsenen Sohn und besitzt zwei geschwätzige Wellensittiche.

Weitere Bücher von Ben Weber:

„Die Toten vonne Ruhr" - 13 Geschichten über Mord und andere Miseren.

Dreizehn zwischenmenschliche Begegnungen mit überraschenden Wendungen, tragikomischen Verstrickungen und jeder Menge Augenzwinkern. Gewürzt mit Krimi-Elementen und einer Prise Ruhrpott-Charme.

Paperback, 204 Seiten, ISBN-13: 9783740751708
Verlag: TWENTYSIX (BoD), 8,90 €
Erscheinungsdatum: 03.09.2020

„Harti Hoppel blickt durch"

Das hinkende Karnickelmädchen Harti Hoppel trägt weder Mütze noch Höschen, beherrscht keine Zaubertricks und heckt auch keine Streiche aus. Dafür besitzt sie andere Merkmale: Wunderschöne bunte Augen, Klugheit, große Ausdauer, Mut und viel Mitgefühl. Mit diesen Eigenschaften und der Unterstützung ihrer Freunde übersteht sie aufregende Abenteuer.

Hardcover, 60 Seiten, ISBN:9783744855143
Verlag: Books on Demand, 15,90 €
Erscheinungsdatum: 15.03.2018

„Schmittmanns Weihnachten"

Kurzgeschichte über einen Weihnachtsmuffel und seine überraschende Begegnung mit einer jungen Familie aus Palästina, die während der Sportschau an seiner Tür klingelt.*

Print, 32 Seiten, ISBN: 9783752669893
Verlag: Books on Demand, 3,49 €
Erscheinungsdatum: 03.12.2019

*Das erste Kapitel dieser Kurzgeschichte („Sportschau mit Gästen") wurde vom Comedian Dr. Ludger Stratmann im WAZ Videoportal vorgelesen.